ENTRE DEUX FEUX

OUVRAGES D'ANNA CABANA

Essais

CÉCILIA, Flammarion, 2008
VILLEPIN, LA VERTICALE DU FOU, Flammarion, 2010
JUPPÉ, L'ORGUEIL ET LA VENGEANCE, Flammarion, 2011

Roman

INAPTE À DORMIR SEULE, Grasset, 2010

ANNA CABANA
ANNE ROSENCHER

ENTRE DEUX FEUX

BERNARD GRASSET
PARIS

Photos de la jaquette :
S. Royal © Bernard Patrick / Abacapress ;
F. Hollande © Thomas Laisné / Corbis ;
V. Trierweiler © Christophe Guibbaud / Abacapress

ISBN 978-2-246-80287-7

Tous droits de traduction, de reproduction et d'adaptation
réservés pour tous pays.

© *Editions Grasset & Fasquelle,* 2012.

A Yves
A Christian

TITUS
*Non, Madame. Jamais, puisqu'il faut vous parler,
Mon cœur de plus de feux ne se sentit brûler.
Mais…*

BÉRÉNICE
Achevez.

TITUS
Hélas !

BÉRÉNICE
Parlez.

TITUS
Rome… l'Empire…

BÉRÉNICE
Hé bien ?

TITUS
Sortons, Paulin : je ne lui puis rien dire.

RACINE, *Bérénice*, acte II, scène 4.

Prologue

Ainsi sont-ils

« Autant les citoyens veulent savoir qui est le conjoint du président, autant ils ne peuvent plus supporter la confusion des genres. Ma logique, c'est une logique de distinction. Il ne s'agit pas d'effacer la compagne, parce que ce ne serait pas correct pour elle ou acceptable pour les Français, mais je n'ai pas l'intention de faire comme Nicolas Sarkozy. » Ainsi nous parlait François Hollande, en février 2011. S'il avait tenu parole, ce livre n'existerait pas.

Le 12 juin 2012, à 11 h 56, Valérie Trierweiler a posté sur son compte Twitter un message pour encourager le dissident socialiste qui se présentait contre Ségolène

Entre deux feux

Royal dans la première circonscription de Charente-Maritime.

Que la compagne du président ait ouvertement choisi le camp de l'adversaire de la candidate soutenue par le chef de l'Etat, par le chef du parti majoritaire et par le Premier ministre, c'est une ingérence pour le moins surprenante. Qu'elle ait, depuis le palais de l'Elysée, envoyé un tweet, ce communiqué des temps modernes, pour prendre parti contre l'ex-compagne de François Hollande, mère de ses quatre enfants et ancienne candidate socialiste à la présidentielle, cela transforme un psychodrame privé en affaire d'Etat. Que de surcroît l'auteur du tweet ne cesse de revendiquer son statut de journaliste, et la confusion est totale.

En une phrase, Valérie Trierweiler a déchiré le voile de « normalité » qui habillait la vertu politique de son compagnon depuis des mois, et même des années. En une phrase, elle a ouvert la porte de la chambre à coucher du président de la République. En une phrase, elle a semé le vent et fait lever l'orage si peu désiré.

Son dérapage à elle, c'est sa responsabilité

politique à lui. C'est lui que les Français ont élu, lui qui leur doit des comptes. Lui qui avait promis. Il serait l'anti-Sarkozy. Il l'avait théorisé : les (més)aventures amoureuses de son prédécesseur avaient indisposé les Français et, plus grave, désacralisé la fonction présidentielle. Aussi Hollande avait-il juré : avec lui, c'en serait fini, foi de Corrézien !

Las. Le « président normal » est devenu le héros des *Feux de l'amour* à l'Elysée. En moins d'un mois, il aura réussi l'exploit de ringardiser la « peopolisation » façon Sarkozy. A côté de François & Valérie, le feuilleton Nicolas & Cécilia semblerait presque gentillet. Des enfantillages.

Les fervents hollandais ont tenté de clamer que ce président-ci ne pouvait rien à ces débordements-là, que le cœur avait ses raisons que la raison d'Etat ne suffisait pas à étouffer. A les en croire, François Hollande, « si pudique », serait écartelé, tel Titus, entre l'amour et l'Empire – « Je puis faire les rois, je puis les déposer ; / Cependant de mon cœur je ne puis disposer[1]. »

---
1. Racine, *Bérénice*, acte III, scène 1.

Entre deux feux

Ah, les passions ; ah, Bérénice...

Seulement voilà, les Français n'ont point élu Titus. Ils ont élu « François », « candidat normal » à la « présidence normale ». Il ne suffira pas de prétendre que le mélange outrancier des genres est le legs de Nicolas Sarkozy à nos institutions politiques – et médiatiques. Ce serait occulter l'essentiel : ce tweet défie la nature même du tempérament politique du nouveau président. Un chef de l'Etat, ça se juge d'abord à l'aune de sa capacité à prendre des décisions et s'assurer qu'elles sont exécutées. Autrement dit, se faire respecter et obéir. *A fortiori* dans un vieux pays ontologiquement conservateur qui, se repentant d'avoir guillotiné son roi, « monarchise » la République...

François Hollande le sait. Quand, le 14 juillet, à la télévision, le journaliste Laurent Delahousse lui demande : « Donc ça ne se reproduira pas ? », sa réponse claque comme l'étendard de l'autorité qu'il espère retrouvée : « Non ! »

Faut-il le croire, cette fois-ci ? Car ce tweet a une histoire. Plus exactement, il

Ainsi sont-ils

s'inscrit dans une histoire. Sous l'apparence d'un vaudeville, il ouvre l'énième acte d'un drame dont les ressorts sont tendus depuis maintenant dix ans. Entre ces trois-là – Ségolène Royal, François Hollande et Valérie Trierweiler –, il s'est passé des choses qui ne passent pas. Dans toutes les tragédies, au théâtre comme dans la vie, il y a un commencement, des rebondissements, des cris, des chuchotements, et le fracas irrationnel de la passion. Silence dans la salle. Merci d'éteindre vos portables. Le rideau s'ouvre.

1

Amours, cris et gazouillis

François Hollande ne se ressemble pas, ce 12 juin 2012, lorsqu'à 11 h 45 il accueille Lionel Jospin à l'Elysée. Le chef de l'Etat a beau saluer l'ancien Premier ministre avec une chaleur de bon aloi, il n'a pas le regard tranquille.

Onze minutes plus tard, Valérie Trierweiler, la compagne de François Hollande, commettra le tweet – gazouillis, en français… – qui a changé la face du quinquennat commencé un mois plus tôt. Onze minutes plus tard, elle postera sur Twitter une phrase qui mettra le feu à l'Elysée et bien au-delà. Quand il vient chercher Jospin dans l'antichambre, François

Entre deux feux

Hollande est loin d'anticiper cet attentat électronique.

Il est soucieux, toutefois, car – après s'être entretenu avec le président de la République islamique de Mauritanie Mohamed Ould Abdel Aziz – il vient d'avoir avec Valérie Trierweiler une conversation téléphonique tempétueuse.

Lui était dans son bureau doré, au centre du Palais, en haut de l'escalier d'honneur ; elle dans les « appartements » drapés de couleurs tendres réservés à la « première dame », en rez-de-jardin, dans l'aile est.

Elle vitupérait : « Tu as pris position en faveur de Ségolène Royal sans me le dire. Derrière mon dos ! Alors que tu m'avais dit que tu ne la soutiendrais pas... »

C'est en effet ce qu'il lui avait assuré l'avant-veille au soir, le dimanche 10 juin, premier tour des élections législatives, lors d'un dîner avec le ministre de l'Intérieur Manuel Valls, auquel s'était jointe, à la fin et à la demande expresse de Valérie Trierweiler, la femme de ce dernier, la violoniste Anne Gravoin. Depuis le samedi, la tension n'avait cessé de monter entre François

Amours, cris et gazouillis

Hollande et Valérie Trierweiler. La journaliste reprochait à son compagnon de s'intéresser de trop près au sort électoral de Ségolène Royal. Le dimanche matin, pour le punir, elle ne l'avait pas accompagné lorsqu'il était allé voter devant les caméras.

En découvrant, ce 12 juin au matin, que, malgré tout, François Hollande avait autorisé la diffusion, sur la profession de foi de Ségolène Royal, d'un message de soutien de sa main, Valérie Trierweiler se sent trahie. Trompée. Au bénéfice de son éternelle rivale. Ségolène Royal. Encore. Toujours. Alors qu'elle aurait dû être au faîte de son bonheur, d'un bonheur magnanime, oublieux des jalousies d'hier, le fantôme de la première femme revenait la hanter…

« Tu vas voir de quoi je suis capable ! fulminait-elle. Tu la soutiens, moi je vais soutenir Olivier Falorni.

— Ce n'est pas possible », répétait François Hollande, de moins en moins placide, de plus en plus glacé. Sa voix en oubliait ses rondeurs. Lui qui fuit les conflits et qui est passé maître dans l'art de l'esquive et du compromis périlleux était bien en peine

Entre deux feux

de se sortir d'affaire, cette fois. Ecartelé entre deux exigences, deux logiques, deux fidélités. Entre deux femmes. Entre deux feux.

En raccrochant, il savait n'être parvenu ni à apaiser ni même à raisonner Valérie Trierweiler. Aussi était-il inquiet. D'autant plus qu'il ignorait ce qu'il devait craindre. Lui, le chef de l'Etat, l'homme qui a le pouvoir d'appuyer sur le bouton nucléaire, se savait sous la menace d'une mesure de représailles... de sa compagne !

Mais de là à imaginer qu'elle oserait bafouer publiquement son autorité... Comment concevoir que @valtrier – la signature de Valérie Trierweiler sur Twitter – allait rédiger le tweet le plus commenté de France depuis le lancement du réseau social ? Cent trente-sept signes désormais entrés dans la légende, au même titre que la dépêche d'Ems[1] ou le

---

1. Ce télégramme diplomatique rédigé par le chancelier prussien Bismarck de façon volontairement provocante à l'endroit de la France conduira, le 19 juillet 1870, à la déclaration de guerre contre la Prusse.

Amours, cris et gazouillis

faux du commandant Henry[1] : « Courage à Olivier Falorni qui n'a pas démérité, qui se bat aux côtés des Rochelais depuis tant d'années dans un engagement désintéressé. »

Les collaborateurs du président ont attendu, pour lui communiquer la nouvelle, que tombe la confirmation de Valérie Trierweiler auprès de l'Agence France-Presse. Entre 11 h 56, heure du tweet, et 12 h 40, heure de la dépêche AFP, c'est-à-dire pendant quarante-quatre longues minutes, ils ont voulu croire à un faux. A 12 h 40, ils se sont résolus à avertir le chef de l'Etat. C'est un mot porté par l'huissier qui apprendra à Hollande – encore en rendez-vous avec Jospin – que sa compagne s'était vengée.

S'il s'était douté ! Comment croire possible ce dont on est soi-même incapable ? Lui si rationnel, si maître de soi. Il ne comprend pas les excès, Hollande, c'est inscrit dans sa physiologie, dans sa jovialité, dans son style. Alors une pareille outrance... Et

---

1. Fausses pièces à conviction destinées à prouver la culpabilité du capitaine Dreyfus injustement accusé d'espionnage pour le compte de l'Allemagne.

Entre deux feux

puis comme il se vante de ne pas lire de romans – « il y a tout dans les journaux », dit-il souvent –, cet homme-là n'a pas eu la chance de se faire guider par Proust et Swann au royaume de la jalousie.

Quand, après avoir raccompagné Jospin, Hollande rejoint ses collaborateurs dans le bureau de Pierre-René Lemas, le secrétaire général de l'Elysée, quelques minutes avant 13 heures, c'est son calme qui les frappe. Sa froideur, aussi, tandis qu'il leur déclare : « Elle est irresponsable. » Le chef de l'Etat est sous le coup de l'incompréhension, mais pas de l'émotion.

Même le solide Lemas, pourtant peu enclin à laisser transparaître ses sentiments, avait perdu contenance, au moment où il fut prévenu du tweet. Le préfet a alors réagi dans une effusion de mots et de mouvements : « Mais moi je ne sais pas gérer ça... Je ne sais pas quoi dire, quoi faire... » Lemas a répété ces phrases plusieurs fois, ses bras dessinant des moulinets d'impuissance.

Rien de tel chez François Hollande. Il ne bouge ni ne parle plus vite qu'à l'accoutumée. Sa chimie est tout sauf éruptive.

Amours, cris et gazouillis

D'emblée, il n'a qu'une seule expression à la bouche : les « conséquences politiques ». C'est bien simple, son propos n'est que politique. Son mécontentement aussi, du reste. A ses yeux, rien n'est plus important que la politique. Cette priorité a d'ailleurs souvent blessé Valérie Trierweiler… A cet instant, ce qui intéresse François Hollande, c'est la façon dont ce tweet peut porter atteinte à son autorité et entacher son image de « président normal ». « Pensez-vous que l'effet sur les législatives sera important ? Je veux gagner ces élections. » Pas un mot sur le reste. A personne. François Hollande est un homme qui sépare très bien les choses. Jusqu'au jour où…

2

Royal au bar... du TGV

Vendredi 13 juillet 2012, 7 h 13, le TGV Paris-Poitiers démarre. Dans son compartiment de première classe, Ségolène Royal, l'œil encore gonflé de sommeil – mais déjà fardé de bleu –, parcourt les pages politiques des quotidiens du matin. Elle soupire en voyant la large place que consacrent tous les journaux aux déclarations de Thomas Hollande, celles qui furent publiées l'avant-veille par une journaliste du site internet du *Point*. « Ce que je reproche au tweet, c'est d'avoir fait basculer la vie privée dans la vie publique, a notamment confié le fils du président. Ça m'a fait de la peine pour mon père, il déteste tellement

Royal au bar... du TGV

que l'on parle de sa vie privée. Je savais que quelque chose pouvait venir d'elle un jour, mais pas un si gros coup. C'est hallucinant. »

Ségolène Royal hausse les épaules, ajuste dans ses cheveux une pince en plastique orange. Nous prend à témoin : « Ces méthodes sont scandaleuses ! Thomas ne voulait pas s'exprimer publiquement. C'était d'autant plus clair dans sa tête qu'il m'a tout récemment aidée à empêcher la publication de l'interview de Flora dans *Gala*, alors même que Flora avait donné son accord. » Flora, la benjamine.

Depuis le tweet, les enfants de François Hollande et Ségolène Royal ont de plus en plus de mal à réprimer leur colère contre Valérie Trierweiler. Ils ont solennellement et conjointement annoncé à leur président de père leur refus de la revoir. Quand un journaliste qui a leur confiance les met sur le sujet, ça déborde. « Thomas s'est fait piéger », poursuit Ségolène Royal ce matin-là en contemplant son reflet dans la vitre du TGV. La veille, elle a appelé la journaliste du Point.fr pour lui signifier son courroux.

« Vous saviez bien que ce n'était pas une interview ! »

Ce qui l'a le plus ennuyée : le fait que son fils dise la voir « ministre, pourquoi pas, dans quelques mois ». « C'est un problème », nous dit sa mère. Elle le répétera cinq minutes plus tard. « C'est un problème. J'ai l'air de l'instrumentaliser pour obtenir un ministère. » Ah, c'est donc ça qui la tourmente tant ! Craint-elle que les assertions de Thomas l'en privent, de ce ministère ?

En attendant, elle cherche des excuses à son fils : « Ce n'est pas aberrant qu'il ait envie que sa mère soit (elle cherche le mot) récompensée... » Etrange mot que celui-là. Récompensée d'avoir perdu aux élections législatives ? « Les gens sentent qu'il y a eu une injustice épouvantable. On pourrait dire "elle a été battue, qu'elle dégage". Or personne ne dit ça, même la droite. Personne ne dit que je suis morte politiquement. J'ai été victime d'une trahison. Ça a touché les gens. » Ce qui est clair, c'est qu'elle a bien l'intention de rebondir, si possible au gouvernement. Son espoir. Et

Royal au bar... du TGV

Ségolène Royal de s'assombrir : « Elle interdit à François de me nommer ministre, c'est ça, la vérité. » On n'avait rien dit, rien demandé. La phrase a fusé, jailli comme une angoisse. « Elle », a dit la présidente de Poitou-Charentes pour désigner Valérie Trierweiler. Puis elle prononce son nom : « Trierweiler », elle dit. Ségolène Royal est une des rares personnes à prononcer correctement ce patronyme qu'écorchent 99 % des gens, à commencer par les journalistes. Elle sait que toutes les lettres se détachent et se prononcent, y compris le deuxième r. « Elle interdit à François de me nommer ministre. » Huit mots qui disent tout de l'inquiétude de Ségolène Royal.

Si l'affaire des déclarations de son fils Thomas la contrarie autant, c'est parce que jusque-là, la seule à avoir dérapé, c'était Valérie Trierweiler. « Moi je n'ai rien dit, pas un mot, depuis le début. Et maintenant l'autre va pouvoir jouer la victime. » « L'autre. » Toujours la même. « Ça me place au même plan que l'autre », continue Ségolène Royal, qui nous met sous le nez l'édition du jour d'*Aujourd'hui en France*. Son long doigt peint

Entre deux feux

en rose désigne, en haut à droite de la une, trois petites photos détourées, Thomas Hollande entre Valérie Trierweiler et elle, avec ce titre : « L'embarrassante famille du président. » Rien ne pourrait déplaire davantage à Ségolène Royal. Ça ne lui va pas, mais alors pas du tout, d'être, comme elle dit, « rabaissée au même niveau qu'elle ». « Elle », encore et toujours la même. Voilà Ségolène Royal qui ouvre ledit journal, son doigt fonce sur les dernières lignes de l'interview d'Arnaud Mercier, professeur à l'université de Lorraine et spécialiste de communication politique. Elle touche les mots, puis les lit à haute voix : « François Hollande renvoie désormais l'image d'un homme bringuebalé entre deux femmes, deux dragonnes. » Elle lève vers nous des yeux indignés. « Voyez, ça va être ramené à une affaire de famille entre deux dragonnes », s'exclame-t-elle, avant d'attraper *Le Figaro*. La page 4 s'ouvre sur ce titre, étalé sur cinq colonnes : « Thomas Hollande complique le 14 Juillet de son père. »

« Hollande s'est compliqué la vie tout seul », fait-on valoir pour dire quelque chose.

Royal au bar... du TGV

Au pli indisposé de sa bouche, on comprend qu'on n'a pas dit ce qu'il fallait. Elle corrige : « Ce n'est pas lui, c'est elle. » On n'insiste pas. De François Hollande, elle ne dira que du bien. C'est ainsi.

Quelques minutes plus tard, une pastille Ricola à la bouche, elle retrouve deux collaborateurs à la voiture-bar, en continuant de maugréer contre l'article du Point.fr. « Ce n'est pas bon pour Thomas. Dans le contexte, ça l'expose et ça fait rebondir les histoires. » Certes. Mais, sur le fond, son aîné a-t-il fait autre chose que prendre la défense de sa maman et dire que ni ses deux sœurs ni son frère ne voulaient plus voir Valérie Trierweiler ? « C'est vrai que ses propos n'insultaient personne », poursuit-elle. Pause. « Thomas n'a pas dit "ma mère a été candidate, je fais avec". » Le grelot du rire (jaune) de Ségolène Royal se fait entendre. Allusion au texte rédigé par Valérie Trierweiler, page 104 du livre *François Hollande président*[1], en guise de

---

1. *François Hollande président, 400 jours dans les coulisses d'une victoire,* de Stéphane Ruet

Entre deux feux

légende à une photo de Ségolène Royal et François Hollande sur la scène du meeting de Rennes. « Oui, l'homme que j'aime a eu une femme avant moi. Et il se trouve qu'elle a été candidate à l'élection présidentielle. Je fais avec », a écrit Valérie Trierweiler. Si, si. Ce jour-là, donc, appuyée à une table un peu sale d'une voiture-bar de TGV, Ségolène Royal n'a pas résisté à la tentation de parodier ces phrases qui ont provoqué la stupéfaction – amusée – du microcosme politico-médiatique. « Thomas n'a pas dit "ma mère a été candidate, je fais avec". » Elle n'est pas mécontente de son bon mot, Ségolène Royal. Il faut la voir se retourner, l'œil espiègle, vers ses collaborateurs, qui rient eux aussi. Ce trait d'humour qu'elle s'est autorisé, elle nous le fait payer, l'instant d'après, en se rembrunissant. « Je ne parlerai pas d'elle, assène-t-elle subitement en se drapant dans sa veste en feutre rouge pétard. Je me suis fixé une ligne jaune et je m'y suis tenue. Je prends des coups, ah

---

(photographies) et Valérie Trierweiler (textes), Le Cherche Midi, juin 2012.

Royal au bar... du TGV

ça oui, je prends des coups et j'ai décidé de ne pas y répondre. Je suis une femme politique, je ne rentre pas dans une pièce de boulevard. » Rideau. Elle retourne s'asseoir à sa place et se met à pianoter sur son iPhone.

Une heure plus tard, à Poitiers, au conseil régional, derrière son élégant bureau, « Madame la présidente » – comme l'appellent ses collaborateurs – martèle, radoucie mais ferme : « J'ai une responsabilité de femme d'Etat et de femme politique. Je suis une femme d'Etat. Je ne commenterai pas. Je connais le poids de ma parole. »

« Parler, ce serait participer au vaudeville d'Etat », relance-t-on. Elle se rebiffe : « Tout dépend de ce que je dirais ! » Il faudrait savoir, madame Royal...

Le lendemain, arriva ce que craignait la madone du Poitou : l'amalgame. La question qui fut posée à François Hollande à l'occasion de l'interview du 14 juillet mit

Entre deux feux

sur le même plan le tweet de Valérie Trierweiler et les propos de Thomas Hollande. Le président y répondit de façon générique, en sermonnant « (s)es proches » et pas seulement sa compagne. Façon de renvoyer tout le monde dos à dos. Si Thomas Hollande s'était tu, Valérie Trierweiler aurait été seule à se voir rappeler par son conjoint devant les Français qu'elle devait « scrupuleusement » « respecter » le « principe » de séparation « entre vie publique et vie privée ». Là, ils étaient deux sur le banc des accusés. Morale : Valérie Trierweiler peut dire merci à Thomas Hollande.

3

Le « crime » de La Rochelle

« La Rochelle, c'est un traquenard, c'est Agatha Christie, c'est le crime de l'Orient-Express. Tout le monde a tenu le couteau. » L'indignation de Françoise Degois, la fidèle conseillère de Ségolène Royal, ne faiblit pas, même un mois après le « drame ». Le « drame » : la défaite outrageante de Ségolène Royal dans la première circonscription de Charente-Maritime, le 17 juin 2012, au terme d'un second tour meurtrier face au dissident socialiste Olivier Falorni. Un échec qui ruine son ambition de devenir présidente de l'Assemblée nationale.

« La Rochelle, c'est la confluence de toutes les vengeances, poursuit Françoise Degois.

Entre deux feux

D'abord la vengeance des barons de la droite locale, Jean-Pierre Raffarin et Dominique Bussereau, que Ségolène avait humiliés aux régionales. Ensuite la vengeance de la droite à l'échelle nationale, trop contente de dézinguer l'ex-compagne du nouveau président. La vengeance de Lionel Jospin et des jospinolâtres, aussi, qui en ont toujours voulu à Ségolène de s'être présentée en 2007 et d'avoir empêché son grand retour en politique. » Françoise Degois reprend son souffle. « Et puis, à la fin, il y a eu le tweet, un exocet exogène. » La dernière des vengeances dans l'ordre chronologique. Celle accomplie par la nouvelle compagne du père des quatre enfants de l'héroïne, un peu avant que ne sonne midi. Agatha Christie, c'est vrai, aurait pu en faire un polar sobrement intitulé « Le crime de La Rochelle ». Le premier chapitre aurait débuté ainsi :

Le soleil de printemps peine à réchauffer le port de La Rochelle, en ce 12 juin 2012. Il n'est pas midi. Cette paisible cité charentaise, haut lieu du socialisme triomphant depuis qu'elle accueille chaque année

Le « crime » de La Rochelle

l'université d'été du PS, ne porte d'ordinaire malheur qu'aux candidats de droite. Sur le pont du *France 1*, belle frégate amarrée dans le bassin des Chalutiers, Ségolène Royal, tout sourires, achève sa conférence de presse sous bonne – et bienveillante – escorte : Martine Aubry et Cécile Duflot sont arrivées le matin même de Paris pour apporter un soutien on ne peut plus officiel à la candidate. C'est le grand jour où le parti socialiste et les Verts ont fait le déplacement, en délégation s'il vous plaît, pour tenter une opération de la dernière chance : sauver le soldat Royal.

La bataille de cette dernière contre Olivier Falorni est mal engagée. Aucun candidat de droite n'ayant pu se maintenir au second tour[1], les barons de l'UMP mobilisent pour faire élire le frondeur. Lequel se joue des consignes de la rue de Solférino

---

1. Sally Chadjaa, la candidate de l'UMP, verra dans son élimination la main des caciques régionaux de son propre parti qui auraient fait voter pour Olivier Falorni dès le premier tour afin de mieux éliminer Ségolène Royal.

Entre deux feux

le sommant de se retirer. Son iPhone à la main, la petite silhouette énergique de Françoise Degois se faufile auprès de la dame du Poitou. « Je crois qu'on a un problème de tweet », lui glisse-t-elle en masquant sa bouche d'une main complotiste.

Pas un mot de plus. Pas un nom. Aucun détail. L'endroit est saturé de journalistes. Les caméras, les photographes et les rédacteurs à carnets tourbillonnent autour de Ségolène Royal, enroulée dans son écharpe de soie azurée. « A cet instant, le ciel m'est tombé sur la tête, j'ai su que c'était fini. Ce tweet rendait impossible une élection déjà compliquée, rapporte Degois. La bataille venait de se transformer en quelque chose qui n'était pas l'élection. Je savais que les Rochelais n'allaient pas supporter ce bordel. Mais ça n'était pas le moment de le laisser transparaître. » D'abord, il faut exfiltrer la candidate, cacher la femme blessée.

Sur le quai, Martine Aubry, descendue quelques minutes plus tôt pour répondre aux questions de France 3 La Rochelle, fait discrètement signe à Cécile Duflot et Ségolène Royal de la rejoindre en vitesse :

Le « crime » de La Rochelle

déjà, une poignée de journalistes plus rapides que les autres la questionnent sur le « tweet » ; il faut déguerpir avant que les téléphones ne se mettent à tintinnabuler et à propager l'incroyable nouvelle. « On s'en va, on s'en va », presse Martine Aubry. Prétextant qu'il est l'heure de déjeuner, la petite troupe s'éloigne de la frégate blanche et rouge pour rejoindre le restaurant des Grands Yachts, quai du Gabut. Sur le chemin, la maire de Lille se charge de dévoiler à Ségolène Royal la teneur du fameux tweet et son auteure présumée. « C'est trop gros. C'est un faux », répète-t-on en boucle dans l'aréopage. « Son compte aura été détourné. » A ce moment, personne ne veut y croire. Mais au fond, chacun sait. Ségolène Royal la première, sans doute.

A la terrasse de la brasserie, la candidate s'attable avec Cécile Duflot, Martine Aubry et Guillaume Bachelay, l'élu fabiusien qui cisèle les éléments de langage de la première secrétaire du PS, lui aussi de la partie. Le tweet n'est toujours pas confirmé. Le temps semble suspendu. Entre attente incrédule et promesse de tempête. Est-ce pour dissiper

Entre deux feux

le malaise ou par la grâce d'une solidarité féminine aussi spontanée qu'improvisée ? Cherchant à distraire Ségolène Royal, Martine Aubry se lance dans un numéro de pitre. Imitations pimentées, vacheries sur camarades retors. Les conseillers, qui, depuis une table voisine, ne perdent pas une miette de ce spectacle digne du théâtre des Deux Anes, remercient le ciel qu'aucune oreille journalistique ne traîne dans les parages : le one-woman show pourrait « remplir à lui seul la page deux du *Canard enchaîné* », selon l'expression de Françoise Degois. Mais il fonctionne. Ségolène Royal en pleure... de rire.

Ici, les passants ont l'habitude de voir les éléphants roses siroter en terrasse : chaque dernier week-end d'août depuis 1993, les alliances se nouent et les trahisons se scellent sur les tables de La Rochelle. Aussi les badauds prêtent-ils peu d'attention à l'étrange déjeuner. Ils ne tiquent pas de voir trinquer et s'esclaffer les ennemies d'hier, celles qui, au congrès de Reims, en 2008, s'étaient griffées au sang pour prendre la tête du PS – Ségolène Royal avait fini par

Le « *crime* » de La Rochelle

accuser Martine Aubry de lui avoir volé la victoire. Aujourd'hui, aux Grands Yachts, c'est bulots, vin blanc et fra-ter-ni-té.

Un peu avant 13 heures, c'est encore à Martine Aubry, informée par ses collaborateurs, qu'incombe la tâche d'annoncer la mauvaise nouvelle à Ségolène Royal : Valérie Trierweiler vient de confirmer à l'AFP que le tweet était bien son œuvre. Ségolène Royal, marmoréenne, reste impassible. Pas un mot ; pas un soupir. Mais qui connaît la fille du lieutenant-colonel Royal peut déceler comme un affaissement. « Ses épaules se sont comme relâchées », s'émeut un des témoins de la scène.

Ségolène Royal est convaincue d'avoir perdu le second tour ce jour-là. Déjà, elle anticipe le fracas des journaux télévisés, les questions indiscrètes, les yeux inquiets des enfants. Mais elle prend sur elle. Se refait un visage. Sourit, même. Un sourire de momie, celui-là même que l'essayiste Philippe Muray a qualifié de « sourire qui ne rit pas ». Il était temps. Déjà les journalistes sont de retour. A ceux qui l'interrogent sur le tweet, elle répond qu'elle ne s'exprimera pas. Elle

Entre deux feux

préfère commenter le déjeuner. « Du bonheur. C'était un moment délicieux. »

Cinq jours plus tard, au soir du second tour, Ségolène Royal bafoue ouvertement le code électoral, en prenant la parole quelques minutes avant 20 heures, sans attendre la fermeture de tous les bureaux de vote, ce qui est formellement interdit... « Elle est complètement dingue de briser l'embargo ! », s'exclame un ministre devant sa télévision en la voyant se diriger, raide comme un i dans sa veste rouge-fureur (décidément...), vers un pupitre installé dans le jardin du Muséum d'histoire naturelle de La Rochelle. Un lieu idoine pour épiloguer sur une histoire de fauves féroces. C'eût pu être plus tôt encore, notez : les collaborateurs de Ségolène Royal avaient d'abord annoncé aux quelque cent soixante journalistes présents qu'elle s'exprimerait vers 19h30 !

Le pied de nez de la candidate défaite. La transgression de la femme blessée. Qui

Le « crime » de La Rochelle

prend tout le monde de court, et d'abord les télévisions, obligées de chambouler leurs JT pour la rattraper. Les oreillettes bourdonnant d'injonctions intenables, les envoyés spéciaux des différentes chaînes improvisent leur lancement, l'œil paniqué. Imperturbable, Ségolène Royal discourt sur la « trahison politique » sous le soleil et le regard de deux de ses quatre enfants, Thomas et Flora – « Clémence est de garde, et Julien travaille », nous précisera plus tard Françoise Degois. Sous-entendu : sinon ils auraient été là pour épauler leur mère. Laquelle cite Victor Hugo. « Toujours la trahison trahit le traître, et jamais une mauvaise action ne vous lâche, sans rémission pour les coupables », tempête-t-elle, sans que l'on sache vraiment si la malédiction s'adresse à Olivier Falorni ou à Valérie Trierweiler, ou aux deux… « Et le jour vient où les traîtres sont odieux même à ceux qui profitent de la trahison. » Après être descendue de l'estrade, la présidente de Poitou-Charentes reste encore une bonne trentaine de minutes dans le jardin, entravée dans ses mouvements par une foule compacte

Entre deux feux

hérissée de micros et de caméras. Répétant, froide, qu'elle ne se laisserait pas abattre comme cela. Ceux qui guettaient les larmes, ce soir-là, s'étaient trompés de théâtre.

4

*François, Valérie, Olivier, Ségolène
et les autres…*

« Jusqu'au 6 mai, on est soumises ; après, on va soutenir Olivier ! » Installées sur les banquettes du Café de Flore, jeudi 5 avril 2012, Valérie Trierweiler et Safia Otokoré – la sémillante conseillère de Pierre Moscovici – mettent au point, en riant, leur conspiration falorniste. Il est 10 heures du matin et toutes deux sortent du grand amphithéâtre de Sciences Po où François Hollande a discouru pendant une heure sur… le bien-fondé des revendications féministes. S'il avait su ! Les deux copines rigolent, pestent, et jurent qu'après le 6 mai, jour du second tour de la présidentielle,

Entre deux feux

elles iront à La Rochelle soutenir Olivier Falorni, ce bon ami, « ce fidèle historique de François », qui mérite mieux que la dissidence. Bien sûr, quand elles rapporteront, quelques jours plus tard, la teneur de ce pacte germanopratin à leur entourage, tout le monde le prend pour ce qu'il est alors : une blague. S'ils avaient su !

Ils furent quelques-uns – peu – à croire encore au destin de François Hollande pendant sa traversée du désert, après 2008 et le congrès de Reims. A phosphorer entre les murs glauques des permanences parlementaires, à jouer les conjurés de pacotille, ceux sur qui l'on ne mise rien, parce que leur héros, François – dit « Culbuto », ou encore « Monsieur 3 %[1] » –, était sorti démonétisé de ses onze années passées à diriger le PS. Il y avait, parmi ces compagnons des heures tristes, Stéphane Le Foll – « le grand

---

1. Un sondage publié dans *Libération* en mars 2009 établit que seulement 3 % des sympathisants de gauche voulaient voir François Hollande accéder à la magistrature suprême. Aussi, par la suite, a-t-il été surnommé « Monsieur 3 % » par ses adversaires au sein du parti socialiste.

François, Valérie, Olivier, Ségolène...

à la mâchoire carrée », comme l'écrivait en 2005 Valérie Trierweiler dans l'un de ses articles –, le pilier de la bande des fervents. Dont : Michel Sapin, le camarade joufflu de l'ENA ; Faouzi Lamdaoui, l'homme à tout faire et à tout penser ; André Vallini, le justicier ; Bruno Le Roux, l'apparatchik sympathique ; Bernard Poignant, le rocardien de Quimper, et aussi, donc, le jeune patron de la fédération socialiste de Charente-Maritime, Olivier Falorni, avec lequel « François » s'était lié d'amitié au fil des universités d'été...

Tous les ans, à La Rochelle, lors de la grand-messe socialiste, ce trentenaire aux cheveux gris coiffés en brosse organisait le pot des « hollandais », dans un petit bar près de l'esplanade, sur les remparts de la ville portuaire. En août 2009, ils n'étaient pas plus de quarante militants à trinquer dans la salle parsemée. « Et encore, je vois là au moins vingt Corréziens... », glissa ce jour-là François Hollande, expert en autodérision. Deux ans plus tard, alors qu'il est devenu le favori des primaires socialistes, le même savoure la marée humaine venue

Entre deux feux

assister à son meeting dans la majestueuse salle de l'Oratoire – tellement pleine qu'elle en déverse son surplus de supporters et de curieux jusque sur les trottoirs de la vieille ville. « Tu te rappelles combien on était il y a encore deux ans ? », souffle le chouchou des sondages à Falorni, en fendant la foule.

Preuve que François Hollande a de la mémoire… quand il veut. Valérie Trierweiler trouve, elle, qu'il n'en a pas eu assez, concernant Olivier Falorni et le reste du petit groupe de fidèles. Pendant les dernières semaines de la campagne, elle a souvent confié qu'elle supportait mal la légèreté avec laquelle son compagnon traitait le cas de ces zélés-là. Elle reproche à François Hollande d'avoir tendance à abandonner politiquement les siens et déclare à ses amis ne pas « cautionner » cela. Est-elle seulement mue, comme elle le dit, par un sens de la loyauté ? Ou est-ce parce qu'ils représentent, à ses yeux, les années d'après Ségolène ?

Car Olivier Falorni, pour ne citer que lui, a été le complice, et le témoin, des nouvelles amours de Hollande. Valérie Trierweiler a

François, Valérie, Olivier, Ségolène...

les amitiés aussi tenaces que les rancunes. Et Falorni est un ami, un point c'est tout. Pas question de le lâcher, pense-t-elle.

Déjà, il y avait eu le cas de Faouzi Lamdaoui, l'âme damnée de François Hollande, celui qui débarquait avec les costumes tout frais repassés du pressing avant les émissions télé, gérait l'emploi du temps, jouait les chauffeurs et faisait barrage de son corps pour éloigner les photographes quand il les suspectait de vouloir prendre le chef en mauvaise posture. Ce fidèle d'entre les fidèles fut par deux fois sacrifié sur l'autel de la pacification des relations de François Hollande avec Martine Aubry. Fin novembre 2011, la patronne du PS refusa d'investir Lamdaoui dans la circonscription des Français d'Afrique du Nord. Rebelote en mai 2012 : la maire de Lille, furieuse de ne pas s'être vu proposer Matignon, priva Lamdaoui de la première circonscription de la Somme. Dans un cas comme dans l'autre, François Hollande a abdiqué sans avoir vraiment bataillé. « Sinon, Martine va vraiment nous emmerder », a-t-il justifié, avec cet air de voir les choses de si

Entre deux feux

loin... Faouzi Lamdaoui a finalement été recasé à l'Elysée. Stéphane Le Foll, lui, a attendu 16 heures, le jour de la formation du gouvernement, pour savoir qu'il héritait du ministère de l'Agriculture. Repêché de justesse. D'autres ont dû renoncer à leurs espoirs – André Vallini ne rêvait-il pas de devenir garde des Sceaux ?

Pour tous, Valérie Trierweiler était désolée, elle pestait contre la propension de Hollande à récompenser les ennemis d'hier et à faire la part trop belle, estimait-elle, aux ségolénistes. A un ami du couple qui lui demande si elle pense que « François » pourrait l'aider à obtenir le poste qu'il guigne dans l'administration, Valérie Trierweiler répond, amère : « Demande toujours, mais tu sais qu'il ne s'occupe plus trop des fidèles en ce moment. » Comme une idée fixe. Entêtante. Mais pas au point de tweeter. Ça, elle ne l'a fait que pour Falorni. Le Rochelais a eu droit à un traitement très spécial.

Le 12 juin 2012 au soir, sept heures après avoir posté son tweet, Valérie Trierweiler persiste et signe, dans le SMS qu'elle a

François, Valérie, Olivier, Ségolène...

envoyé à l'une des auteures : « Je trouve totalement injuste le déferlement contre Falorni, qui est l'un des plus anciens et solides soutiens de FH. Il n'est pas moins socialiste qu'un autre. »

Inutile de nier l'évidence : le sort du dissident Falorni occupe une place à part dans l'ire de la compagne. Parce qu'il se présente face à madame l'Ex. Ségolène contre Olivier. L'ancienne vie contre la vie d'après. « Madame Royal » contre « Monsieur Loyal ». Pendant la campagne, Valérie Trierweiler a gratifié le candidat rebelle de SMS de soutien. « Je n'en aurais jamais parlé de moi-même, confirme Olivier Falorni. Ça aurait pu me faire de la pub, mais c'était privé. Avant le tweet, tout cela était privé. »

Le 10 juillet 2012, au Bourbon, le bistrot en face de l'Assemblée nationale où le patron le traite comme un VIP, le nouveau député savoure son Orangina et sa soudaine notoriété. « Vous savez, je ne suis pas le proscrit qu'on veut faire croire. Au PS, certains ne se contentent pas de me féliciter : ils me remercient aussi ! »

Depuis le début, François Hollande, qui

Entre deux feux

a senti le danger, s'est bien gardé d'arbitrer publiquement ce combat entre son ami Falorni et la mère de ses quatre enfants. Jusqu'à ce qu'il accepte d'écrire quelques mots sur la profession de foi de Ségolène Royal. Ces quelques mots qui ont tout déclenché...

« On dit que François Hollande m'a soutenue alors qu'il s'était engagé à n'intervenir en faveur d'aucun candidat. C'est faux, tambourine Ségolène Royal, quand l'une des auteures la rencontre, un mois plus tard. Avant même le premier tour, il avait soutenu Jean-Pierre Mignard et Patrick Bloche. » Elle enchaîne tout à trac : « Ce message sur ma profession de foi, c'était une réponse à l'infraction d'Olivier Falorni qui utilisait des photos de François Hollande sur son matériel de campagne. Avec Pierre-René Lemas, le secrétaire général de l'Elysée, nous avons choisi ensemble les mots les plus neutres. François n'a pas envoyé une phrase rédigée sur un coin de table parce que je le lui aurais demandé en secret. C'était juridiquement cadré par Lemas. Personne n'a à contester ça.

François, Valérie, Olivier, Ségolène...

Personne. » Pas besoin de préciser à quelle « personne » elle fait allusion...

Quand on lui demande si François Hollande a fait tout ce qu'il a pu pour qu'Olivier Falorni se retire, elle devient soudainement laconique : « Je ne sais pas. Je ne sais pas. » Elle plante ses yeux dans les nôtres. « Olivier Falorni était-il accessible à un raisonnement ? C'est clair qu'il a été soutenu pour se maintenir. Par Bussereau et par Raffarin et par le réseau jospiniste. On m'a même raconté, mais je ne sais pas si c'est vrai, que Jospin avait fait du porte-à-porte à l'île de Ré pour dire que Falorni était son candidat ! » Blanc. « François Hollande, je ne sais pas... » Elle s'interrompt. « Il était sincèrement contrit. » Ça lui fait plaisir de le penser. « Contrit. » Elle n'a pas choisi n'importe quel mot. Un joli mot. On le dit des enfants que l'on a déjà excusés...

Elle n'est sûre de rien, mais elle ne le suspecte pas d'avoir pris part au « traquenard ». « Avec Ségolène, il y a toujours des complots partout. C'est toujours la faute des autres, raille en écho Olivier Falorni. C'est ce que j'appelle la "victimitude". Elle

Entre deux feux

perd la présidentielle en 2007, c'est la faute du PS et de Hollande. Elle perd les primaires en 2011, c'est la faute des médias et des sondages. Elle perd les législatives, c'est la droite, les jospinistes et le tweet... Ce n'est jamais elle ! »

Falorni affirme avoir été « stupéfait », le 12 juin 2012 au matin, en apprenant que le chef de l'Etat avait apporté son soutien à Ségolène Royal. « Ça a été une très très grosse surprise », insiste-t-il, les yeux lourds de sous-entendus. Aussi le questionne-t-on : François Hollande lui avait-il certifié qu'il ne soutiendrait pas son ancienne compagne ? De nouveau, les yeux du député font les malins : « Tout ce que je peux vous dire, c'est que j'ai vraiment été stupéfait, mais alors vraiment... » Il ne saurait mieux laisser entendre que François Hollande lui avait promis de rester neutre.

Ce qui est frappant, c'est le soin tout particulier que met Olivier Falorni à parler de Ségolène Royal comme d'une ennemie... de François Hollande ! Comme si Royal était en guerre contre Hollande et que lui, Falorni, faisait les frais de son amitié pour

François, Valérie, Olivier, Ségolène...

« François ». Il faut voir comment il raconte avoir attendu pour soutenir « Ségolène », en 2007, que « François » eût publiquement déclaré qu'il n'irait pas. « Je crois qu'il a apprécié ce geste, souffle-t-il. Puis au lendemain de la présidentielle, j'ai naturellement rejoint les rangs des supporters hollandais. Et Ségolène ne me l'a pas pardonné. Autant François Hollande cloisonne, compartimente, autant elle, elle mélange tout. C'est à cause de ma fidélité à François qu'elle a une dent contre moi. Sans doute en veut-elle aux autres hollandais, mais moi elle m'a sous les yeux en permanence, puisqu'on grenouille dans la même région. A travers moi, j'ai l'impression que c'est à Hollande qu'elle en veut. » Diable ! Voudrait-il faire accroire que les relations sont exécrables entre François Hollande et Ségolène Royal qu'il ne s'y prendrait pas autrement...

C'est pourtant loin de la vérité, depuis le 10 octobre 2011, le lundi qui a suivi le premier tour de la primaire socialiste, le lendemain de ce dimanche noir où Ségolène Royal ne recueillit que 7 % des voix. Hollande est venu la voir à 17 heures, rue

Entre deux feux

du Départ, dans l'annexe parisienne du conseil régional de Poitou-Charentes. Dans ce bureau clair au deuxième étage d'un immeuble triste coincé entre deux cinémas, ils sont restés une heure en tête à tête. « Cela faisait des années qu'ils n'avaient pas dialogué ainsi, raconte une proche de Ségolène Royal. Ce fut extraordinaire. Ils ont retrouvé la complicité qui permet à François de commencer une phrase et à Ségolène de la finir. Cet après-midi-là, ça s'est emboîté puis ça ne s'est jamais plus démenti pendant la campagne. » Après la défaite de Ségolène Royal face à Olivier Falorni, ils se sont revus, le samedi 30 juin. « Vous savez, leur lien est insécable, jure cette proche de Ségolène Royal. Et tous les Falorni du monde n'y pourront rien changer. »

Le 12 juin au matin, quand un ami l'a averti du tweet, Falorni a regardé son portable : Valérie Trierweiler l'avait prévenu, par SMS, quelques minutes avant de passer à l'acte. « Je n'en veux pas à François Hollande, je sais bien que la situation était complexe pour lui, commente aujourd'hui le député rochelais. En décembre, j'ai su

François, Valérie, Olivier, Ségolène...

que je le mettais en difficulté en me maintenant malgré l'investiture anti-démocratique de Ségolène Royal. Mais après, j'ai tenté de le protéger, en le tenant toujours en dehors de ces batailles. Je n'aurais jamais parlé du soutien privé de Valérie si le tweet n'avait pas rendu tout cela public. C'est un geste amical, ce tweet, qui n'a rien changé au scrutin local. » On écarquille les yeux. « Oui, bien sûr, il y a eu quelques répercussions nationales. » Oh... si peu. Depuis l'affaire du tweet, Olivier Falorni dit avoir refusé trois propositions d'éditeurs désireux de lui faire raconter cette histoire. « Mais toute cette affaire est un roman, je le concède. »

5

Entre deux chaises

Sur la petite table ronde traînent une pile de gobelets inutilisés et quelques briques de jus de fruits bon marché. « Quand je ne suis pas là, mon bureau sert parfois pour des réunions. Et je ne suis pas souvent là », explique tout de suite Valérie Trierweiler, en entrouvrant la fenêtre pour que s'échappe l'odeur de renfermé. Mardi 28 février 2012 au matin, la compagne de François Hollande reçoit l'une des auteures avenue de Ségur, au troisième étage du QG de campagne de son homme. Au bout d'un couloir se trouve le bureau 306. Le sien : une plaque portant son nom est vissé dessus. Lors de l'inauguration des locaux, un mois et demi

Entre deux chaises

plus tôt, la presse avait tiqué en découvrant, sur le plan, ce petit bout d'étage réservé à la compagne. Etait-ce la nouvelle Cécilia – qui fut longtemps le conseiller le plus influent de Nicolas Sarkozy ? Quel besoin avait-elle d'un bureau en ce lieu ? « Je reçois pas mal de courrier. J'y réponds. Mais pour l'instant, je n'ai pas eu grand usage des lieux », admet Valérie Trierweiler. Cécilia ? Elle se défend de lui ressembler, mais n'en dira pas de mal. « C'était tout sauf une potiche. » Un compliment, dans sa bouche. « Je vous assure, je ne suis pas intrusive. Et je ne comprends pas que certains puissent colporter de tels mensonges : je sais qu'il n'y aurait que des coups à prendre à me mêler de tout, et que ça ne serait pas rendre service au candidat. » Le « candidat », a-t-elle dit, pour garder, en paroles, cette distance qu'elle ne supporte pas dans les faits.

Aucun tableau ne personnalise les murs du « 306 », pas même une affiche électorale. Tout juste repère-t-on une petite photo dans un cadre en bois clair posé sur la table de travail où la compagne, donc, ne bûche guère. On les voit, elle et lui.

Tourtereaux sur canapé, tout sourires déployés. Elle est hilare ; lui a une feuille à la main et l'air d'avoir fait une bonne blague. « C'est juste avant le discours du Bourget, nous apprend-elle. Dans la caravane qui servait de loge. Un beau souvenir. » Valérie Trierweiler prétend n'avoir aucun rôle politique. Elle est la femme sur la photo à côté du candidat. Cela seul légitime ce bureau où elle ne vient presque jamais. C'est dire l'importance de ce cliché, qui, à cet endroit-ci, lui tient lieu de raison sociale.

De près, elle est moins froide que sur papier glacé. Ses formes généreuses adoucissent ses traits d'héroïne hitchcockienne que les photos statufient. Son vernis s'écaille au bout des ongles. Elle n'est pas métallique. Mais pas très chaleureuse non plus. Elle est sur la réserve, sur la défensive même, par moments. Comme agrippée à la vie d'avant et à sa carte de journaliste, numéro 63 331. Philippe Labro, son mentor à Direct 8, « l'un des seuls, dit-elle, à pouvoir (lui) dire des choses désagréables », lui a donné des conseils pour accepter sa nouvelle vie, son nouveau statut qui n'en

Entre deux chaises

est pas un : « Il m'a expliqué qu'il fallait que "j'ouvre mes valises", que j'accepte de me donner un peu, parce que j'avais désormais une nouvelle identité. Mais c'est difficile… » Ouvrir ses valises. Etrange expression que celle-là. Valérie Trierweiler est tout sauf une femme à ouvrir ses valises – sentimentales et autres – sur la table, là, devant vous. Pour qu'elle se décrispe à l'antenne, Philippe Labro, encore lui, avait conseillé à la journaliste de boire un demi-verre de vin au moment d'entrer sur le plateau. « La première fois, je ne l'ai pas fait. Il m'a dit qu'il m'avait trouvée bien mais un peu trop inhibée, se souvient-elle. Du coup, après, j'ai suivi son conseil. Pendant trois émissions. Il avait raison : c'était mieux. »

Face aux murs de photographes qui les bombardent, Hollande et elle, à chaque sortie publique commune – « c'est agressif, physiquement agressif », se plaint-elle –, elle a appris à rester quelques secondes devant la cataracte lumineuse des flashs avant de s'enfuir. « Mais j'ai toujours cette impression qu'on me vole quelque chose. »

Entre deux feux

Elle est habituée aux caméras, pourtant. « Chacun ses contradictions. »

Quelques jours plus tôt, elle a achevé le tournage des derniers numéros d'« Itinéraires », son émission d'entretiens avec des artistes. « Ça a été dur d'arrêter. C'est une très belle émission, la plus belle de Direct 8 », explique-t-elle gravement. On la regarde, guettant une lueur de malice ou de second degré. Mais elle est sérieuse. Sérieusement immodeste. Comme si l'arrêt forcé de son émission l'autorisait à en prononcer elle-même l'éloge funèbre...

En nous raccompagnant, Valérie Trierweiler referme à clef son QG de campagne. Elle n'est venue que pour l'interview : juchée sur les talons hauts dont elle ne se départ presque jamais, elle doit rejoindre « le candidat » au Salon de l'agriculture. « C'est difficile de trouver sa place. On me dit de me préparer à être "première dame" mais comment se prépare-t-on à une telle chose ? Peut-on s'y préparer, d'ailleurs, avant que le poids ne vous tombe sur les épaules ? » Pause. « C'est difficile de trouver sa place. » Au sens figuré comme au sens propre.

Entre deux chaises

A ce moment-là, elle continue de fréquenter de temps en temps son bureau au troisième étage du 151 rue Anatole-France, à Levallois. Les locaux de *Paris Match*. « Bureau 342 », indique une petite plaque sur la porte. Le nom de la journaliste y est inscrit au-dessus de ceux de ses « coturnes », les grands reporters François Mirieu de Labarre et Arnaud Bizot. Elle n'y vient plus aussi souvent qu'avant, bien sûr, depuis la campagne des primaires elle est privée de conférences de rédaction et de soirées de bouclage, la moindre de ses apparitions dans les couloirs est l'objet de tous les commentaires, de toutes les suspicions, de toutes les jalousies, de toutes les calomnies, mais c'est son journal, et elle est bien décidée à ne pas s'interdire d'y mettre les pieds si ça lui chante. Ce bureau, c'est son lieu de travail, et son travail, sa fierté.

Sur le mur derrière son fauteuil, elle a épinglé un cliché insolite signé Patrick Bruchet. On y voit Lionel Jospin, dans son bureau à Matignon, en train de faire une passe de basket à Claude Allègre. Jospin était le candidat de Valérie Trierweiler, en

Entre deux feux

2002. Elle le suivait pour *Paris Match*, elle le voulait pour président. « J'ai été plus dans la campagne de Lionel Jospin que dans celle-là », nous a-t-elle d'ailleurs fait remarquer. Pour se dédouaner de son interventionnisme pendant la campagne de François Hollande, des aveux lui échappent sur le reste, sur le passé. « Elle était militante pro-Jospin, se rappelle un confrère, qui lui aussi faisait partie du petit groupe de journalistes accompagnant partout le candidat socialiste. Elle ne parlait pas à ceux d'entre nous qui étaient sévères sur Jospin. » Ce dernier était sous le charme. Quand il faisait un aparté avec une poignée de journalistes dont elle était, il guettait ses sourires, comme dans cet avion où elle avait enlevé ses chaussures et s'était dressée sur ses genoux, sur son siège, pour lui poser des questions. Elle a été très affectée, le 21 avril 2002, quand le Premier ministre aux boucles blanches fut défait. Ce premier tour assomma la journaliste. Pour elle, Lionel Jospin, vrai homme de gauche, cette gauche morale et honnête qui a si bonne presse, méritait de gagner. A ses collègues, elle n'a pas caché

Entre deux chaises

son affliction de voir « son » candidat ainsi humilié par les suffrages. Elle a même pris un long congé, après l'élection, « pour se consoler », précise-t-on à *Paris Match*. Par la suite, elle ne cessera jamais de voir Jospin et de lui consacrer des articles informés et empathiques. Pour ne rien gâcher de ses bonnes relations avec Valérie Trierweiler, l'ancien trotskiste est, depuis 2006, l'un des plus grands détracteurs de Ségolène Royal au sein du parti socialiste. De quoi mériter d'avoir sa photo dans le bureau de la journaliste... Elle y est encore. La photo. Pas la journaliste.

Après l'élection de Hollande, elle est revenue au journal. Jusqu'au tweet, elle y passait, de moins en moins souvent, certes, mais quand même. Elle laissait en bas de l'immeuble son officier de sécurité – le plus beau de tout le Service de protection des hautes personnalités, comme elle le disait en riant à ses collègues... Après le tweet, elle n'est plus venue. Tout a changé. A présent, quand elle voit les chefs des pages Culture, où elle tient désormais une chronique, elle les retrouve dans un bistrot pas loin du journal.

Entre deux feux

Valérie Trierweiler n'est pas retournée dans son bureau, son petit capharnaüm débordant de vingt années d'archives, de livres et de carnets à spirale. Elle avait l'intention d'empaqueter elle-même ses affaires, mais il y a eu le tweet, ce n'était pas évident de revenir, elle a demandé à une secrétaire de mettre ses affaires dans des cartons. Elle sait que cela ne pouvait pas attendre indéfiniment – car des stagiaires viennent se faire photographier dans ses souvenirs entassés et postent les images sur les réseaux sociaux. Elle doit vider les lieux. Certes, ce bureau lui est formellement toujours attribué. Il n'y a plus d'ordinateur, mais encore une ligne de téléphone. Vider ce bureau, c'est abandonner une part de son identité professionnelle, quoi qu'elle en dise. D'ailleurs, si elle met tellement d'ardeur à se dire journaliste avant tout, c'est qu'elle sait bien que cette place-là lui est désormais contestée...

Reste l'Elysée. Elle y a un beau bureau, une vaste bonbonnière avec tissus fleuris sur les murs et baies vitrées donnant sur le jardin. C'est ici que Bernadette Chirac

Entre deux chaises

la reçut quelques fois, jadis, pour des interviews. Ici, aussi, que Cécilia se morfondait. Ici que Carla posa, notamment pour *Paris Match*. Ce bureau-là, celui de « première dame », Valérie Trierweiler a d'abord décidé de l'occuper. Elle y était, le matin du tweet. C'est de là qu'elle a envoyé les 137 caractères qui ont fait scandale. Est-ce bien raisonnable, pour une journaliste qui entend le rester, d'avoir son bureau au Palais ? « C'est un facteur d'instabilité, a estimé Thomas Hollande. Soit elle est journaliste, soit elle a un cabinet à l'Elysée. » Parfois la vérité sort de la bouche des enfants…

Valérie Trierweiler peine à déterminer – et délimiter – son territoire. « J'ai mis un an avant de trouver mes marques », l'a rassurée Michelle Obama, le 20 mai 2012, à l'occasion du déplacement de François Hollande aux Etats-Unis. « Un an. » Cela laisse encore un peu de temps à la compagne du président français pour mettre de l'ordre dans ses bureaux… Fin juin, Valérie Trierweiler ne s'était pas résolue à renoncer à son bureau au Château. Elle continuait d'y recevoir son « chef de cabinet », l'ancien

Entre deux feux

journaliste de RFI Patrice Biancone, qu'elle a fait embaucher sitôt après l'élection de Hollande. C'est bien qu'elle avait alors décidé d'avoir un « cabinet » à l'Elysée.

Aujourd'hui, elle dit tout et fait le contraire. A des collègues de *Paris Match*, elle a certifié qu'elle n'allait pas garder son bureau à la présidence de la République. Il va lui falloir choisir : elle ne peut pas quitter ses deux bureaux à la fois. A moins que...

6

Rennes : le choc des photos

« Pas vous ! » C'est par ces mots abrupts qu'un officier de sécurité de François Hollande a barré la route de Ségolène Royal, au pied de la scène sur laquelle venait de monter le candidat du PS à la présidentielle. Cela s'est passé le 4 avril 2012, à l'occasion de la grande réunion publique de Rennes, le meeting événement de la campagne, le seul où Royal et Hollande ont fait estrade commune. La fameuse photo où on les voit elle et lui devant le pupitre, bras levés vers le ciel, leurs deux corps un peu trop éloignés l'un de l'autre. Les journalistes ont beaucoup glosé sur le fait que Hollande n'a pas pris la main de son ex-compagne

Entre deux feux

pour faire le V de la victoire, contrairement à l'usage entre camarades socialistes. Mais nul n'a raconté ce qui s'est vraiment passé au pied de l'estrade, ce soir-là. C'est même un des secrets les mieux gardés de la campagne. La photo a bien failli ne pas exister. Ségolène Royal a bien failli ne pas pouvoir croiser François Hollande sur la scène. Pas davantage en coulisses, du reste. Tout avait été organisé à cette fin. La présidente de Poitou-Charentes n'oubliera jamais qu'elle n'a « pas eu le droit », dit-elle, de parler à son ex-compagnon avant le début de la réunion publique. Que le déroulé de la soirée a changé « quatre fois » – *dixit* une collaboratrice de Royal – et qu'au final, quinze minutes avant la prise de parole de Ségolène Royal, Manuel Valls leur a annoncé – à elle et à son équipe – que Hollande lui succéderait sur la scène sans qu'il y ait de passage de relai. Bref, qu'il n'y aurait pas de photo où on les verrait se tenir ensemble.

Manuel Valls a joué le mauvais rôle, ce jour-là. Il devait « protéger Valérie Trierweiler d'elle-même », selon l'expression d'un lieutenant du futur ministre de l'Intérieur

Rennes : le choc des photos

de François Hollande. Elle avait fait une telle « crise » à Hollande – le mot est de lui – quand, fin mai 2011, un cliché avait immortalisé sa complicité avec Ségolène Royal ! Depuis, il s'évertuait, au prix de contorsions parfois comiques, à éviter d'être photographié à côté de son ex-compagne. En août 2011, sur la scène de La Rochelle, Ségolène Royal parviendra toutefois à se placer à côté de lui au moment de la photo finale. Valérie Trierweiler a payé pour savoir que, partout, toujours, sa rivale a plus d'une ruse et d'une intrépidité dans son sac quand il s'agit d'arriver à ses fins.

Aussi la journaliste était-elle « très très tendue », à Rennes, ainsi que le confiera Manuel Valls le soir même. Certes, elle était revenue à la charge – notamment dans le train – jusqu'à ce que son compagnon promette qu'il n'y aurait pas de photo commune avec Ségolène Royal, mais elle savait cette dernière « capable de tout », comme elle dit, alors elle était sur le qui-vive. Il fallait voir comment elle agrippait le bras de « son » homme, à leur descente du TGV en gare de Rennes.

Entre deux feux

Dans ce train, Manuel Valls, comme contaminé par l'anxiété de Valérie Trierweiler, s'était montré plus nerveux que jamais, devant les journalistes qui s'étaient retrouvés autour de lui dans la voiture-bar. Des plaques d'urticaire barraient ses joues. Il était en colère contre les représentants des médias qui, une heure et demie durant, le pressèrent de questions sur le meeting commun Royal-Hollande. « Vous pensez que les gens viennent pour ça ? Mais enfin ! » Long soupir de dédain. Derrière lui débarqua Valérie Trierweiler, brushinguée et poudrée de près. Après avoir jeté un œil vers nous autres, ses confrères, elle nous tournera le dos. Et Manuel Valls de poursuivre : « Sarkozy parle encore plus que vous des aspects romanesques. C'est un grand commentateur. Après le 6 mai, vous aurez un confrère nouveau. » Rire moqueur. Valls a du métier (de communicant) : rien de tel qu'une évocation de Sarkozy pour faire diversion devant des journalistes. L'instant d'avant, Valls nous assénait, comme il le fit à une demi-douzaine de reprises dans cette voiture-bar : « Moi je fais de la politique, je

Rennes : le choc des photos

ne fais pas du romanesque. Vous me prenez pour qui ? » On ne le prenait pas pour un homme qui détestait les romans... « Je ne fais pas du romanesque ! », répétait-il en se grattant furieusement la tête.

Tous, ce jour-là, ne firent pas autant de manières. Laurent Fabius se montra autrement plus décontracté : « J'adore le romanesque ! », s'amusa-t-il au moment où Ségolène Royal monta sur la scène.

A 19 h 57, après que la candidate de 2007 a harangué une dernière fois la salle : « François est notre candidat, et toutes les voix comptent dès le premier tour. C'est lui le seul qui peut l'emporter », elle s'est tue et elle a attendu. Quelques secondes de trop. Elle savait bien, pourtant, que François Hollande n'allait pas la rejoindre, elle n'avait pas obtenu satisfaction là-dessus, il n'y avait rien ni personne à attendre. Mais ce n'était pas ainsi qu'elle s'était figurée ce moment, alors elle avait du mal à quitter le pupitre. Comme habitée par l'espoir que quelque chose advienne malgré tout. Or rien ni personne ne vint. Ou plutôt si : Aurélie Filippetti, la maîtresse de cérémonie

Entre deux feux

et animatrice de la soirée, qui est venue… la congédier (gentiment) : « Merci Ségolène », a déclaré la jeune femme en guise d'invitation expresse à débarrasser le plancher. Alors que depuis le début de la réunion publique, Filippetti ne grimpait sur la scène qu'une fois l'orateur parti, elle a été obligée de réserver à Ségolène Royal un traitement différent, la présidente de Poitou-Charentes faisant mine de ne pas vouloir descendre. Elle ne s'y est résolue qu'une fois que Filippetti, un peu embarrassée, est arrivée jusqu'à elle. Notre oratrice a battu en retraite, mais seulement pour quelques instants : elle était décidée à attendre « François » au pied de la tribune et à remonter sur la scène en même temps que lui.

Ce fut toutefois bien plus compliqué : si elle a réussi à lui voler une bise devant un photographe du *Parisien*, les grands écrans n'ont pas retransmis ce moment de complicité. Pis, les proches de Ségolène Royal ont failli « en venir aux poings avec le staff de Hollande » – selon l'expression de Françoise Degois, la conseillère spéciale

Rennes : *le choc des photos*

de « Ségolène », qui était en bas de l'estrade. « Le barrage était physique », raconte Degois, qui poursuit : « Heureusement que j'étais là pour menacer Valls. Un peu plus et je me battais avec lui. Si la photo s'est faite, c'est grâce à moi. »

Voilà pourquoi Ségolène Royal est montée sur scène quelques longues secondes après Hollande. Voilà aussi pourquoi Hollande a paru si gêné, devant le pupitre, quand il comprit, au tonnerre d'applaudissements qui résonnèrent alors dans la salle, qu'elle était montée dans ses pas. Il est 20 h 09. Il ne s'attend pas à ce que Ségolène Royal parvienne à déjouer les « stratagèmes élaborés par Trierweiler avec la complicité de Valls » – l'expression est d'un ami de Ségolène Royal. Les âmes charitables ont prétendu que c'était de la pudeur. Il y a dans ce mot deux lettres de trop. Car c'était de la peur. Il a semblé si gauche, le candidat socialiste, quand il se retourna et vit Ségolène Royal avancer vers lui sur la scène. Il faut voir comment lui, si tactile, lui qui se laisse toucher par tout le monde, s'est bien gardé d'effleurer la main de la

Entre deux feux

mère de ses quatre enfants ; comment lui, d'ordinaire si détendu, était crispé ; comment il s'est avancé sur le devant de la scène à mesure qu'elle se rapprochait de lui ; comment, très vite, il lui a, de la main, désigné la sortie ; puis comment, après son départ, il l'a obstinément appelée « Ségolène Royal » quand elle lui avait donné du « François ». Il fallait bien offrir des gages à « Valérie », qui allait être furieuse, il ne le savait que trop.

Ce qu'il ne savait pas, c'est qu'elle allait décider de se venger sans attendre. Pas question à ses yeux que cette soirée se résume – médiatiquement – au cliché Hollande-Royal ; la journaliste de *Paris Match* résolut d'offrir aux médias une deuxième photo de nature à concurrencer la première : une poignée de main entre Ségolène Royal et elle, en violation de tous les accords de paix passés entre Royal et Hollande. Depuis la veille, Ségolène Royal n'avait cessé d'appeler et de rappeler l'équipe du candidat pour s'assurer qu'elle ne serait pas mise en situation d'avoir à saluer « l'autre ». En tant que « personnalité politique de premier

Rennes : le choc des photos

plan », comme elle le dit d'elle-même, la présidente de Poitou-Charentes estimait pouvoir s'épargner la honte de figurer sur un cliché people aux côtés d'une femme (non politique !) par elle détestée et qui la renverrait, elle, à son statut d'ancienne compagne. « Elle a appelé vingt fois pour être sûre qu'elle ne me verrait pas ! Vingt fois ! Vous vous rendez compte ? », s'offusquait Valérie Trierweiler en racontant l'histoire à des amis, le lendemain, pour prouver qu'elle avait une excellente raison de « faire le coup de la poignée de main ».

A 20 h 15, c'est-à-dire cinq minutes seulement après que Ségolène Royal a obtenu « son » cliché avec François Hollande, un bataillon de photographes et de cameramen, cornaqués par le service de presse de Hollande, grimpent tout en haut des gradins, jusqu'au premier rang du carré VIP, là où les sièges étiquetés « Ségolène Royal » et « Valérie Trierweiler » – que séparent les chaises de Laurent Fabius, du maire de Rennes Daniel Delaveau et de Jean-Yves Le Drian – sont toujours vides.

C'est peu dire que les photographes ne

Entre deux feux

sont pas venus là de leur propre initiative. Manuel Valls lui-même s'en est allé trouver chacun d'eux pour l'inviter à monter. A 20 h 21, Ségolène Royal gagne enfin sa place, veste bleu pimpant sur une robe blanche devant et noire derrière – cela ne s'invente pas, mais cela se prémédite. Dans cette affaire, elle n'est cependant pas seule à préméditer. C'est même un concours de préméditation... A 20 h 23, Valérie Trierweiler arrive sur les talons de sa rivale et, avant de s'asseoir, sourire de (belle) tigresse sur les lèvres, elle va serrer la main des personnalités du premier rang, dont Ségolène Royal, bien sûr... Opération réussie : c'est dans la boîte. Littéralement. Les photographes rameutés un peu plus tôt ont fait ce pour quoi ils avaient été conviés.

Le tout tandis que Hollande parle au pupitre, des mètres et des mètres en contrebas de ce théâtre d'hostilités. Ce soir-là, le centre d'attraction médiatique gravitait loin, bien loin du discours de Hollande. Les journalistes n'avaient d'yeux et d'oreilles que pour le combat – absolument silencieux – de

Rennes : le choc des photos

deux femmes blessées. Ce fut à celle qui aurait, non pas le dernier mot, mais la dernière photo. Valérie Trierweiler est parvenue à ses fins : forcer Ségolène Royal à lui serrer la main sous la mitraille des flashs. Si la dame du Poitou a su porter beau au moment de la photo surprise, elle a accusé le coup juste après : son sourire-bouclier a rendu les armes pendant quelques instants ; elle en a même oublié d'applaudir Hollande. Au point que sa chère Françoise Degois, debout à quelques mètres d'elle, lui a fait signe de taper dans ses mains avec un peu plus de ferveur. Ce que s'est empressée de faire Ségolène Royal. Surtout, ne pas être prise en flagrant délit de désarroi. Cela ferait trop plaisir à « l'autre ». Et puis elle est une « femme politique », elle se le dit et redit tout le temps, quand les sentiments l'étranglent. La politique avant tout, voilà sa devise, désormais. Son hygiène de vie et de cœur.

Elle est prête à endurer, mais pas plus que nécessaire. Ce soir-là, sitôt que Hollande a prononcé son dernier mot, avant même que ne retentisse *la Marseillaise,* alors que Jean-Marc Ayrault, son voisin, lui rappelle qu'il y a un pot, elle a filé. C'était assez pour la journée.

Trois mois plus tard.
François Hollande a été élu président de la République, Valérie Trierweiler a tweeté, Ségolène Royal a été défaite aux élections législatives dans la première circonscription de Charente-Maritime.
Rennes reste, aux yeux de la présidente du conseil régional de Poitou-Charentes, le symbole par excellence de sa résistance à « l'hostilité » – c'est son mot – de Valérie Trierweiler et de ses complices, au premier rang desquels Ségolène Royal nomme Manuel Valls. « Il a fait ça par esprit de cour », affirme-t-elle. C'est pour cette même raison, croit-elle, qu'il avait accepté de porter la responsabilité du film sur le PS diffusé le 22 janvier 2012 au Bourget, lors du premier grand meeting de Hollande après son investiture par le parti socialiste. Un clip

Rennes : le choc des photos

retraçant l'histoire récente du PS sans même une image de Ségolène Royal et de sa campagne de 2007 ! « Manuel a voulu faire plaisir à Trierweiler en anticipant ses désirs », expliquait à l'époque un proche de Valls. « Il a été payé en retour, relève Ségolène Royal. Elle s'est vantée de l'avoir fait nommer ministre de l'Intérieur. C'est dangereux pour François, qu'elle se mêle de politique. En plus, elle n'est pas de gauche. » Ce qui s'appelle une attaque en règle. Vite, très vite, Ségolène Royal replace la rivalité sur le seul terrain où elle est sûre de l'emporter face à Valérie Trierweiler : la politique. Son champ d'action – et d'éclats – à elle. Elle dénie à la nouvelle compagne de François Hollande le droit de s'y aventurer. « L'autre » n'est pas une femme politique, nom de nom ! Ségolène Royal tient à tracer à l'encre indélébile la frontière qui sépare les femmes politiques dignes de ce nom des compagnes d'hommes politiques. Elle estime savoir de quoi elle parle : elle a été les deux, naguère. A l'instar d'Hillary Clinton, femme de Bill et mère de la grande réforme de la sécurité sociale américaine. Rien à voir avec Michelle Obama,

Entre deux feux

cette avocate de formation qui n'a pas la prétention de devenir un jour Secrétaire d'Etat ni même de peser sur la composition du gouvernement. Tout dérape quand les compagnes se piquent en douce de faire de la politique au nom de l'ascendant sentimental qu'elles exercent sur leur conjoint. Rien ne va plus quand un grand élu socialiste comme François Rebsamen, vieil ami et soutien de Hollande, assure partout qu'il n'est pas ministre à cause de Valérie Trierweiler. Elle l'aurait « blacklisté » pour avoir donné ce conseil amusé à Hollande, en 2011 : « Change de femme ! Valérie va empoisonner ta campagne... »

A Rennes, ce mercredi-là, elles s'y sont mises à deux pour compliquer la vie de François Hollande. Ne dites pas cela à la seconde, Ségolène Royal, qui estime avoir rendu à cette occasion un fier service politique à son ex-compagnon : « Rennes, c'est le plus gros événement de la campagne de François. C'est le rassemblement. C'est la symbolique du couple Royal-Hollande que les Français aimaient. Ça a été un tournant. François le reconnaît. Il sait ce que ça lui

Rennes : le choc des photos

a apporté. Il sait que j'ai joué un rôle très positif, pendant toute cette campagne. Il sait que le rôle que j'ai joué n'était que positif. »

Pour pouvoir dire cela aujourd'hui, Ségolène Royal a dû s'accrocher. Elle s'est senti exclue de tout, tenue loin de tout, traitée en pestiférée. Les habitués du QG prenaient garde de ne pas prononcer son nom en présence de la compagne du candidat. Or cette dernière était là partout, toujours. Ségolène Royal nulle part, jamais. « Ségolène, c'est une bête politique, assure un des piliers de la campagne. Elle est assez unique. Elle a su comprendre ce qu'il fallait faire et être intelligente dans son comportement. »

Elle a voulu donner à François Hollande – qui lui a manqué, en 2007 – des leçons de loyauté. Se montrer exemplaire. Et elle le fut. Elle a fait campagne de son côté, envers et contre tous et toutes, « pour que la gauche gagne, dit-elle, en dépit et au-delà des vicissitudes et des mauvaises manières ». Elle dit ne pas les avoir comptées. « Ce fut un empêchement permanent. De bout en bout j'ai senti cette hostilité. Je ne voulais pas faire de clash ou d'esclandre. J'ai dû maîtriser mon entourage. Si je m'étais abaissée à ce niveau-là, si j'avais fait revenir le corps privé sur le devant de la scène, ça aurait fait des dégâts. » Cette résistance, elle la doit, affirme-t-elle, à sa « maturité politique ». Et à son... « surmoi » ! « Il y a le moi et il y a le surmoi, précise-t-elle. Mon surmoi a réussi à tout contenir. » Vive Freud ! Ne manque plus que Shakespeare. Se vit-elle comme l'héroïne d'une tragédie (non achevée) ? « C'est vrai qu'il y a une dimension héroïque. » Shakespeare, d'accord, mais pas Feydeau.

Ce qui est sûr, c'est qu'elle a surpris tous ceux qui ne la croyaient pas capable de dominer ses sentiments et ses ressentiments. Elle a donné tort à François Bayrou qui, en février 2011, nous confiait penser que « la haine que lui porte Ségolène Royal sera un problème pour la campagne de François Hollande ». A Jean-Pierre Jouyet, aussi, qui, dans son livre *Nous les avons tant aimés*[1],

---

1. *Nous les avons tant aimés ou la chanson d'une génération*, de Jean-Pierre Jouyet, Editions Robert Laffont, novembre 2010.

Rennes : le choc des photos

était catégorique : elle « fera tout, écrivait-il, pour empêcher que François Hollande soit candidat aux présidentielles ». En revanche, il avait raison, quelques lignes plus haut : « Comprenons que la politique tient lieu aujourd'hui d'existence à cette femme. »

7

« Tu dégages, et vite ! »

« Valérie Trierweiler m'en veut. Elle me voue une rancune éternelle », nous assura Julien Dray, l'œil las, dans son bureau très classieux de la région Ile-de-France, fin juin 2012.

Nul n'ignore plus que le 28 avril, « Juju », l'ami de trente ans de François Hollande et Ségolène Royal, a fauté : il a convié chez J'Ose, un ancien sex-shop de la rue Saint-Denis reconverti en restaurant branché, non seulement le ban et l'arrière-ban de l'équipe de campagne du candidat socialiste (ce dernier compris), mais aussi – ce qu'il n'avait dit à personne – Dominique Strauss-Kahn et Anne Sinclair. On sait l'écho médiatique

« *Tu dégages, et vite !* »

désastreux qu'aura cette soirée anniversaire – Dray fêtait ses 57 ans – en plein cœur de l'entre-deux-tours. « DSK », « rue Saint-Denis », « sex-shop », « fête », « Hollande », les mots se sont entrechoqués dans un carambolage politico-symbolique qui a embrasé les réseaux sociaux et menacé de vicier la campagne du « candidat normal ». Ô l'inconscience coupable de Dray. Comment un aussi fin connaisseur de la chose médiatique a-t-il pu faire courir à la Hollandie le risque d'une collusion, dans l'imagerie publique, avec la gauche qui s'envoie en l'air ? Ses « amis » socialistes ont eu tôt fait de l'accabler.

Onze jours plus tard, le 9 mai, quand il se rend au pot organisé au quartier général de campagne pour fêter l'élection de François Hollande, Dray sait qu'il y sera regardé de travers. Il y a été convié, toutefois : en tant que membre de l'équipe de campagne, il a reçu un mail signé par Stéphane Le Foll et Pierre Moscovici. Il n'avait pas prévu d'y aller, mais des camarades attendris l'en ont convaincu, en le voyant traîner son tracassin rue de Solférino, à la sortie du bureau

Entre deux feux

national. Alors, dans un élan d'espoir – ou de masochisme –, le voilà qui se rend avenue de Ségur, tâchant de se fondre parmi les cent cinquante personnes qui s'y pressent déjà. Quand Hollande arrive sous les bravos, escorté par Manuel Valls et Valérie Trierweiler, Dray se met en retrait du chemin présidentiel : il veut s'épargner l'humiliation de se voir contourné.

En fait, ce sera pire. En passant, Valérie Trierweiler l'a remarqué. Elle revient sur ses pas. Les traits tirés, pleine d'une colère froide, elle se plante devant lui :

« Toi, tu dégages.

— Hein ?

— T'as rien à faire ici. Tu dégages, et vite !

— (...)

— On a failli perdre à cause de toi. On n'a pas besoin de sarkozystes ; alors tu dégages. »

Elle a le chic, Valérie Trierweiler, pour dire tout haut – et en face de l'intéressé – ce que d'autres pensent tout bas. Voilà des années que certains camarades reprochent à Dray – à qui ils avaient naguère pardonné

« Tu dégages, et vite ! »

d'être l'ami de Claude Chirac – de « magouiller » avec Nicolas Sarkozy. Elle, l'audacieuse indécente, le lui jette au visage.

Puis tourne les talons. Sonné, Dray attend que François Hollande termine son allocution avant de s'en aller. L'ancien de la LCR, rodé aux manipulations trotskistes, s'en voudra, après, de n'avoir pas eu plus de repartie. « J'étais en colère contre moi-même parce que je n'ai pas su réagir : à quel titre virait-elle un responsable politique ? Avec quelle légitimité ? » Il n'en finit pas de se repasser le film. Pourquoi ne l'a-t-il pas renvoyée à son statut – faiseuse de critiques littéraires ? De quel droit se permettait-elle pareil acte d'autorité ?

En vérité, cette sortie de route de la *first girlfriend* aurait dû alerter la presse, avant l'affaire du tweet. Elle ne s'est pas contentée d'agir sur un coup de sang : après avoir viré Dray, c'est elle qui a appelé l'un de ses confrères du *Parisien* pour lui rapporter son fait d'armes. « Quand elle a vu que ça n'allait faire aucun buzz, elle a téléphoné à un pote journaliste pour le lui raconter, en prétendant que je n'avais pas été invité », rapporte Dray.

Entre deux feux

La soirée anniversaire a servi d'alibi tout trouvé à Valérie Trierweiler pour se débarrasser d'un homme qu'elle déteste, et depuis longtemps.

Elle lui tient rigueur d'être l'un des rares amis du couple Hollande-Royal à avoir tenté à plusieurs reprises de les réconcilier quand leurs amours périclitaient. Les liens de l'ex-gauchiste avec « Ségo » et « François » remontent au milieu des années 1980. Bien sûr, leur histoire est faite de complots politiques fomentés ensemble, mais aussi de vacances partagées sous les chênes de Mougins, en Provence, avec poisson grillé au barbecue et enfants en brassards gonflables barbotant dans la piscine. En 2007, alors que le couple se déchire, Dray est conseiller de la candidate à la présidentielle, Ségolène Royal. Conseiller politique, bien sûr, mais aussi, parfois, conjugal. Quitte à prendre des coups de tous les côtés, il se mêle de ce qui ne le regarde pas, au nom du passé riant, au nom des enfants, et parce qu'il a mal de voir la candidate dormir trop souvent au QG de campagne du boulevard Saint-Germain.

« *Tu dégages, et vite !* »

Depuis l'ombre où elle est contrainte de rester blottie, depuis le secret où elle est tenue et qui la met au supplice, Valérie Trierweiler observe les manœuvres du rabibocheur, qui agit tantôt de sa propre initiative, tantôt avec la bénédiction de l'une ou même de l'autre. Car François Hollande a mandaté son ami pour aller sonder le cœur de Ségolène Royal. Après la présidentielle de 2007, Julien Dray, qui sert alors d'ultime trait d'union au couple en capilotade, s'en est allé trouver son amie Ségolène avec une étrange question : « S'il venait l'envie à François de revenir, que dirais-tu ? » « Va te faire foutre », a-t-elle répondu à Dray.

Quand on lui demande de confirmer l'échange, il commence par éluder. « C'est vrai que j'ai essayé de recoller les morceaux. A cette époque, François ne savait plus où il habitait. » Soupir accablé. « Valérie Trierweiler a raconté une histoire à l'opinion publique. Et elle en veut à tous ceux qui savent que les choses n'ont pas été aussi linéaires qu'elle le dit. »

Ah ça, pour lui en vouloir...

Entre deux feux

Elle a à son encontre un autre chef d'accusation : elle est convaincue qu'il a alimenté d'odieuses rumeurs sur son compte. « Il s'est répandu dans tout Paris pour dire que j'avais couché avec plein d'hommes politiques », a-t-elle encore récemment affirmé à des journalistes, en *off*. Plusieurs fois, pendant la campagne, elle s'en était alarmée auprès de François Hollande : « Tu ne peux pas rester sans rien faire, tu dois le virer de ton équipe ! » Lui, cherchant à temporiser : « Tu es sûre que c'est Julien ? »

Hollande n'a rien fait... Excepté tenir Dray éloigné de la journaliste. En novembre 2011, à la veille du premier séminaire de campagne, le député reçoit, dans la nuit, un SMS de François Hollande lui enjoignant de ne pas venir. En mars 2012, lors du Salon du livre, le candidat l'appelle depuis la voiture qui l'emmène à la porte de Versailles pour lui dire qu'il passera le saluer sur le stand de l'Ile-de-France, mais qu'ensuite, ce serait bien qu'il ne l'accompagne pas, pour la tournée auprès des éditeurs... Ambiance. Et si, le 28 avril 2012, lorsqu'il quitte le stade de France – où il a assisté au

« *Tu dégages, et vite !* »

match Lyon-Quevilly –, Hollande ne rejoint pas la soirée où Dray souffle ses 57 bougies, ce n'est pas parce qu'un sixième sens l'a mis en garde. C'est pour éviter d'avoir des « ennuis avec Valérie », comme le dit un de ses lieutenants ayant, lui, participé à cette fiesta qui, dès le lendemain, sera accusée d'avoir sali la Hollandie.

Dray n'est pas près de s'en remettre. « Cette histoire m'a mis KO, physiquement », avoue ce guerrier au cheveu rare et aux lunettes rondes, tendre par nature, tordu par formation. Certes, il a revu Hollande après son élection, ils se sont expliqués, ils ont parlé de l'Europe et de la stratégie à adopter face à Angela Merkel. Mais il sait que « Valérie » ne le laissera plus trop approcher.

S'il avait le goût d'en rire, il aurait pu trouver savoureux qu'elle lui ait reproché ce qu'elle-même fera quelques semaines plus tard avec le tweet : attenter à la normalité de Hollande. Dray se demande si tout cela, le tweet, le bruit, la fureur, n'annonce pas des vents mauvais pour son vieil ami ; si François « sera à la hauteur pour gérer ça ».

Entre deux feux

Il suspend ses mots. « Je vais vous dire, maintenant, je n'en ai plus rien à faire, je suis claqué. Je les laisse à leurs histoires de fous. »

8

Le « monstre aux yeux verts »

« Demandez-vous pour laquelle de nous deux c'est le plus difficile : pour elle ou pour moi... » Cette phrase nous avait paru sensée, quand Valérie Trierweiler nous l'avait susurrée, en février 2012. « Elle » ? Ségolène Royal, cela allait sans dire. L'équipe de campagne de François Hollande savait qu'il était un sujet capable – et coupable – de faire perdre à la compagne du candidat ses nerfs en même temps que le sens commun : Ségolène Royal. Aussi avions-nous questionné la journaliste sur la difficulté qu'elle éprouvait à trouver sa place dans ce trio inédit, avec une ex-compagne décidée à demeurer encore longtemps sur la scène

Entre deux feux

publique, et dont l'image n'allait pas de sitôt se décoller de celle de François Hollande. C'est alors qu'elle nous avait rétorqué, philosophe expéditive : « Demandez-vous pour laquelle de nous deux c'est le plus difficile : pour elle ou pour moi... » Une fin de non-recevoir signifiée sur le ton de la confidence.

Après tout, oui, se dit-on sur le moment, ce devait être plus pénible encore pour Ségolène Royal. C'est elle qui avait perdu François Hollande, elle dont la voix s'était étranglée, dans le documentaire de Canal +, *Primaire au PS, l'improbable scénario*, quand le journaliste lui avait demandé comment elle vivait le fait d'affronter le père de ses enfants dans ce combat politique-là. La présidente de Poitou-Charentes avait ravalé un sanglot. Terrible, assurément. *A fortiori* depuis que son ancien compagnon ne faisait plus mystère de son nouveau bonheur conjugal.

La première fois qu'il l'exprima publiquement d'ailleurs, il le fit si fort que cela choqua la France entière. Car enfin, il faut se rappeler du magazine *Gala* daté du 13 octobre

Le « monstre aux yeux verts »

2010. Page 34. Sur la photo – prise quelques semaines plus tôt, lors des universités d'été du parti socialiste –, Valérie Trierweiler est hollywoodienne. De larges lunettes noires mangent la moitié de ses pommettes rosies par le soleil d'été. Hollande, lui, affiche le sourire benêt de l'amoureux transi, du gars qui n'en revient toujours pas d'avoir séduit une femme aussi belle. Dans les pages de l'hebdomadaire stars et paillettes, le couple Hollande-Trierweiler se balade sur papier glacé, avec, en arrière-plan, les mâts blancs du port de La Rochelle.

L'interview qui suit ferait presque oublier la photo. L'ancien numéro un du PS, d'ordinaire si soucieux de protéger sa vie privée, a accordé un entretien « confidences » à Constance Vergara, la consœur et amie de Valérie Trierweiler (et future biographe autorisée de la compagne en campagne). Autant dire qu'il n'y a aucun propos volé… Que dit-il exactement ? En plus d'officialiser sa nouvelle relation, François Hollande y formule, à propos de Valérie Trierweiler, ces deux phrases inouïes : « C'est une chance exceptionnelle de pouvoir réussir sa

Entre deux feux

vie personnelle et de rencontrer la femme de sa vie. Cette chance, elle peut passer, moi je l'ai saisie. » Incroyable, quand on connaît la pudeur légendaire de Hollande. L'hebdomadaire ne s'y trompe pas, d'ailleurs, qui reprend la formule en bonne place sur sa couverture : « Valérie est la femme de ma vie ». Etalée sur les dos de kiosques de France et de Navarre, l'expression dérange : en quelques mots, l'homme vient d'humilier son ex-compagne, de balayer vingt-sept années de vies entremêlées, de randonnée politique en duo, de couches Pampers, de rencontres parents-profs et de permissions de minuit...

« François Hollande présente "la femme de sa vie" dans *Gala*. C'est élégant pour son ex-compagne et leurs enfants », tweete alors lapidairement le journaliste Nicolas Domenach. Hors d'elle, Valérie Trierweiler tient à faire savoir à celui-ci, directement et indirectement, qu'elle n'est pour rien dans cette déclaration, mais qu'elle en est fort heureuse car, assure-t-elle, « François a voulu (lui) faire une surprise », qu'elle trouve, elle, « très élégante compte tenu de

Le « monstre aux yeux verts »

ce qu'(elle) a subi ». Elle n'entend pas, elle n'entend rien, alors, de l'argumentation qui lui est opposée. « Ce qui s'est passé entre François et toi ne regarde que vous. Hollande s'était engagé à ne pas exposer sa vie privée et voilà qu'il s'étale dans *Gala* en se montrant indélicat envers la première femme de sa vie qu'il rabaisse. Il a mis les mains, les mots, dans un engrenage infernal. » Jamais Nicolas Domenach et Valérie Trierweiler ne reparleront de cet incident. Pourtant, tout était déjà là, dans cette exhibition à la fois touchante et obscène d'une passion soudain bavarde.

« La phrase était maladroite. J'aurais dû dire "c'est la femme de ma vie d'aujourd'hui" », conviendra François Hollande, patelin, quatre mois plus tard, alors que l'une des auteures le rencontrait, le 12 février 2011, dans son petit bureau de député, rue Aristide-Briand, à Paris. « Mais je ne regrette pas ce *coming out*. C'était très important de le dire. Il fallait montrer que j'étais dans une autre vie. Valérie en avait besoin. » C'est donc ça : il a voulu donner un gage à sa moitié, un gage public, après tant d'années de secrets. Un gage donné une fois pour toutes.

Eh bien non. D'autres fois viendront. D'autres gages. Il suffit que François Hollande et Ségolène Royal paraissent tous les deux en public et qu'ils se témoignent quelque affection pour que Valérie Trierweiler soit dans tous ses états. Afin de ne pas fâcher sa moitié, François Hollande s'est tenu le plus loin possible de Ségolène Royal pendant toute la campagne des primaires. Quitte à se contorsionner pour tenter de lui échapper, comme en août 2011, sur la scène de l'université d'été du PS, lors de la photo de famille qui a clôturé les travaux. Ségolène Royal – qui n'a jamais manqué une occasion de faire enrager la femme qui lui a succédé dans la vie de Hollande – avait fait la preuve de sa pugnacité : alors qu'elle avait commencé par se retrouver à côté de Martine Aubry sur l'estrade, elle a réussi, l'air de rien, à se faufiler jusqu'à la droite de Hollande et à s'y imposer. Lui regardait obstinément de l'autre côté, même quand elle lui parlait. Et lorsqu'il s'est agi pour tous les candidats aux primaires d'attraper

Le « monstre aux yeux verts »

la main de son voisin pour lever les bras en signe de victoire, il s'est contenté de donner un doigt à sa voisine de droite, qu'il a retiré aussi vite que possible. Il pourrait dire, plus tard, qu'il a fait ce qu'il a pu.

Le même est allé jusqu'à serrer la main de Ségolène Royal sur le plateau de France 2, juste après avoir fait la bise à Martine Aubry, à l'issue du premier débat télévisé des primaires, le 15 septembre 2011. « Il faut rassurer Valérie », répétait-il à ceux – peu nombreux – qui osaient lui reprocher de battre froid la madone du Poitou. Pour « rassurer Valérie », précisément, il n'a pas peur de paraître fleur bleue : dans son téléphone portable personnel, le numéro de sa compagne est enregistré sous le nom « mon amour ». Ces deux mots clignotent sur son écran quand elle lui téléphone. Si ce n'est pas un gage ! Voilà bien le genre d'attentions que ces messieurs ont rarement spontanément… Aussi le microcosme politico-médiatique soupçonne-t-il Valérie Trierweiler de s'être elle-même rebaptisée « mon amour » dans le répertoire de son homme. S'il l'y a laissé, c'est aussi un gage.

Entre deux feux

Toujours il disait, avant le tweet : « Il faut rassurer Valérie. Il faut la protéger. » Mais ça n'est jamais assez. La jalousie est un tyran qui ne rend jamais les armes. Aucun trophée ne l'apaise. Aucune victoire ne l'adoucit. Aucun gage n'en vient à bout.

On voulait croire, et d'ailleurs on croyait, qu'une fois arrivée à l'Elysée au bras de l'homme qu'elle aime, Valérie Trierweiler débusquerait enfin ce « monstre aux yeux verts » – puisque ainsi va la jalousie sous la plume de Shakespeare. Qu'elle le dominerait, et il était temps. La journaliste avait tout pour attendrir ce monstre-là, pensait-on : la beauté, l'amour, le succès. Elle avait remporté toutes les batailles qu'elle avait livrées : son compagnon venait d'être élu président de la République, et une part de ce succès politique suprême lui revenait ; ils goûtaient, disaient-ils, aux plaisirs de l'accomplissement amoureux ; elle avait réussi, de haute lutte, à conquérir le droit de rester journaliste. Que manquait-il ?

La confiance en soi, ce bien précieux que nul amoureux ne peut vraiment vous offrir. Le scalp de Ségolène Royal. La seule

Le « monstre aux yeux verts »

chose que François Hollande ne pourrait jamais lui donner.

« Demandez-vous pour laquelle de nous deux c'est le plus difficile : pour elle ou pour moi… », nous déclarait Valérie Trierweiler. La réponse n'est pas celle qu'on croyait.

9

« N'approche pas François ! »

Valérie Trierweiler est le meilleur agent de communication de Ségolène Royal. Elle aura réussi à rendre touchante et presque sympathique celle dont Jean-Pierre Jouyet, qui fut longtemps son ami, écrivait : « Elle semble être apaisée, mais soyons sans illusion. On connaît sa capacité de vengeance, sa volonté de ne rien lâcher[1]. »

Dans cette « histoire de meufs », selon l'expression de Malek Boutih, député PS de l'Essonne, il n'y a pas une gentille et une méchante. Il y a deux femmes capables du pire. « Ce qui s'est passé entre eux trois

---

1. *Nous les avons tant aimés, op. cit.*

« *N'approche pas François !* »

crée chez Valérie une haine irrationnelle de Ségolène. Ségolène a été affreuse avec elle », assure un intime de la journaliste de *Paris Match*.

C'est bête à dire, plus encore à écrire, mais, au départ, dans les années 1990, ces trois-là se sont liés d'amitié. Une amitié intéressée entre une jeune et jolie journaliste politique chargée de couvrir le PS pour *Paris Match* et un couple ambitieux amoureux des médias. S'ensuivent, en plus des déjeuners de travail, des dîners urbains, comme cela se fait (trop ?) dans le petit milieu politico-journalistique. L'équilibre se rompt en 2002. François Hollande courtise Valérie Trierweiler et cela se voit : quand elle arrive salle des Quatre Colonnes, haut lieu des rencontres informelles entre les députés et la presse à l'Assemblée nationale, il écourte ses échanges avec les autres journalistes pour se précipiter vers elle. Toutes les occasions sont bonnes pour lui proposer de l'accompagner en Corrèze, dans sa circonscription. Elle s'en est du reste plainte, plusieurs fois, auprès de journalistes amies : « J'en ai marre, il est lourd,

Entre deux feux

il veut encore que j'aille à Tulle... » Elle est, il s'en cache à peine, sa « journaliste préférée ». Un jour qu'une de ses consœurs la taquinait sur cette « préférence », elle a rougi. Hollande sait la faire rire. La journaliste a beau garder ses distances, Ségolène Royal, qui a du flair, sent le danger. Elle convoque Valérie Trierweiler à l'Assemblée nationale, un lundi matin, à 9 heures. Elle la reçoit dans son bureau. « N'approche pas François ou tu vas le regretter ! » la menace-t-elle. Valérie Trierweiler nie. Fin de l'épisode.

La suspicion de Ségolène Royal s'apaise. Car la rumeur – qui ne sera jamais confirmée – court que Valérie Trierweiler vit une idylle avec un membre du gouvernement de Jean-Pierre Raffarin. En 2003, Nicolas Sarkozy, alors ministre de l'Intérieur, se fendra d'ailleurs d'un coup de fil à Raffarin pour le prévenir de ces chuchotis invérifiables.

En 2004, ça repart : Ségolène Royal se plaint auprès des chefs de Valérie Trierweiler à *Paris Match*. La dame du Poitou le fait avec d'autant plus d'insistance que,

« *N'approche pas François !* »

politiquement et médiatiquement, « 2004 est l'année de son surgissement », comme nous le confiait naguère Hollande. « Avant, elle n'était pas du tout dans le jeu. A partir de 2004, on ne voit plus qu'elle. » La « Zapatera » – c'est ainsi qu'elle est surnommée, à l'époque[1] – a bien l'intention de se servir de sa popularité et de sa médiatisation pour chasser sa rivale de ses terres. Alain Genestar, alors directeur de la rédaction de l'hebdomadaire, jure que Ségolène Royal ne l'a « jamais appelé », dit-il. « Elle a sans doute appelé d'autres personnes à *Match*. Elle avait de très bonnes relations avec la chef du service politique de l'époque. » Ce qui s'appelle se défausser. En effet, Ségolène Royal a appelé Laurence Masurel – pour ne pas la nommer –, dès 2002. Et pas qu'une fois.

Mais elle n'a pas contacté que Laurence Masurel. Fin 2004, elle a convoqué Denis

---

1. En référence au jeune leader socialiste José Luis Zapatero, qui vient, la même année, de remporter les élections législatives et qui dirige le gouvernement espagnol.

Entre deux feux

Trierweiler, l'époux de Valérie, dans son bureau à l'Assemblée nationale. Puis elle a fait venir Valérie Trierweiler.

« Tout le monde prétend que tu es la maîtresse de François, c'est insupportable pour moi !

— N'écoute pas ces commérages, s'est défendue Valérie Trierweiler. Dînons ensemble tous les quatre au vu et au su de tout le monde et les gens verront bien. »

Le dîner n'eut jamais lieu.

Ségolène Royal ne désarma pas. Valérie Trierweiler raconte aujourd'hui encore avec émotion et fureur comment elle l'a écartée du service politique. « Elle voulait que je sois virée, elle voulait ma peau. » Ce n'est pas faux. Laurence Masurel, qu'elle harcèle, se charge d'avertir Alain Genestar.

C'est le 15 mars 2005 que plus un salarié de l'hebdomadaire n'a pu continuer d'ignorer que Valérie Trierweiler vivait une « histoire » avec François Hollande. C'était jour de bouclage à *Paris Match*, la journaliste se trouvait dans le grand open space du septième étage quand elle a appris qu'au même moment, François Hollande

« N'approche pas François ! » était dans le sous-sol de l'immeuble, dans le studio photo du magazine, en train de poser aux côtés de Nicolas Sarkozy – pour une couverture qu'ils regretteront tous deux par la suite[1]. Valérie Trierweiler s'offusque : personne ne l'avait prévenue. Un journaliste présent relate qu'elle est partie « folle de rage », bien décidée à élever assez la voix pour que tout le monde ait vent de sa colère.

Peu après, Alain Genestar demande à voir Valérie Trierweiler. « Il y avait une forte tension humaine, raconte-t-il aujourd'hui. Au début, elle était très fermée, puis elle m'a paru désarmée. Il n'y a pas eu de cris, contrairement à ce que j'ai pu lire çà et là. Au contraire, elle était émue, très émue. » Il veut dire qu'elle a pleuré.

---

1. Dans le numéro de *Paris Match* paru le 17 mars 2005, le président de l'UMP (Nicolas Sarkozy) et le premier secrétaire du PS (François Hollande) avaient accepté de faire interview et photo communes (ils ignoraient qu'ils porteraient tous deux ce jour-là un costume et une cravate parfaitement semblables…) afin de vanter le traité constitutionnel européen, soumis à référendum le 29 mai 2005.

Entre deux feux

Elle ne s'en est toujours pas remise. Il n'est que de voir comment elle parlait de tout cela il y a seulement quelques mois : « En 2005, on m'a dit "à vous de voir". Ça a été très brutal. On ne m'a pas laissé de temps. J'ai convenu que je ne pouvais plus suivre le PS. C'était devenu compliqué. On m'a donné Villepin, pendant six mois, puis l'Europe. Puis, tout à coup, plus rien. Pendant deux ans. »

Deux ans pendant lesquels Ségolène Royal, elle, connaissait son heure de gloire. La journaliste fut au supplice, redoutant, *primo*, que sa rivale parvienne à « récupérer » François Hollande – on le verra plus loin – et, *secundo*, qu'elle se fasse élire présidente de la République. « Si elle gagne, elle me laminera, rien ne l'arrêtera », s'alarmait Valérie Trierweiler devant ses confidentes. Elle a vécu l'enfer. Au moins en pensées. Jamais elle ne pardonnera à Ségolène Royal de lui avoir fait si peur.

Aujourd'hui, elle a les pulsions de vengeance d'une écorchée vive. Rien ne paraît pouvoir l'apaiser, pas même les défaites de sa rivale. En octobre 2011, après que

« N'approche pas François ! »

Ségolène Royal a recueilli 7 % des voix au premier tour de la primaire et qu'elle a laissé échapper des larmes devant les caméras, Valérie Trierweiler n'était obsédée que par une chose : François Hollande avait eu le malheur de promettre la présidence de l'Assemblée nationale à la mère de ses quatre enfants en échange de son soutien dans l'entre-deux-tours de la primaire ! La journaliste vitupérait. En témoigne ce SMS envoyé à l'un de ses amis à ce moment-là : « Tout ce qu'elle aura, ce sera déjà trop. » A cette aune, il faut relire le message qu'elle avait posté sur Twitter quelques jours plus tôt, le 12 octobre 2011 : « Hommage à Ségolène Royal pour son ralliement sincère, désintéressé et sans ambiguïté », y écrivait-elle. Sous sa plume, le mot « désintéressé » mérite qu'on s'y attarde. Puisque, précisément, la journaliste s'offusquera par la suite de la façon dont Ségolène Royal a monnayé son soutien. De deux choses l'une : soit ce message est une antiphrase ironique qui dit le contraire de ce qu'il prétend dire, soit Valérie Trierweiler ignorait encore le « deal » passé entre Ségolène Royal et

Entre deux feux

François Hollande – parce que ce dernier se serait abstenu de le lui préciser.

« Tout ce qu'elle aura, ce sera déjà trop. » A l'époque, François Hollande a essayé de la raisonner, Manuel Valls aussi. « Ne fais pas une fixette sur Ségolène, contrôle-toi », lui dirent-ils tour à tour. En vain. « Ça ne porte pas, racontait alors Valls à ses proches. Pour elle, c'est du chinois. Quand elle voit Ségolène, elle ne voit pas la même chose que nous. »

10

La vengeance d'une femme

« Je veux bien te voir régulièrement, mais à une condition : que tu ne parles pas de Ségolène Royal dans ton livre. » C'est ce que proposa Valérie Trierweiler à son confrère Serge Raffy, plume du *Nouvel Observateur*, en juin 2010, quand il la rencontra au Murat, un café chic du XVIe arrondissement de Paris, pour parler de la biographie de François Hollande à laquelle, bien inspiré, il avait commencé de s'atteler[1]. Hollande avait beau avoir

---

1. L'ouvrage de Serge Raffy, savoureux, a été publié en septembre 2011 chez Fayard, sous le titre *François Hollande, itinéraire secret*, puis réédité en

Entre deux feux

prévenu Raffy qu'il lui faudrait « rassurer Valérie », le journaliste n'imaginait pas qu'elle irait jusque-là. Il refusa. Comment prétendre croquer l'homme Hollande sans parler de celle avec laquelle il a partagé plus de deux décennies de vie et fait quatre enfants ? Pourquoi une journaliste expérimentée comme Valérie Trierweiler – qui n'a certes pas écrit de livres, mais beaucoup d'articles, en vingt ans de métier – a-t-elle osé soumettre à Raffy cette requête incroyable ? Venant d'un homme ou d'une femme politique, passe encore : ils ne savent pas tout des servitudes et des vicissitudes de ce drôle de métier qui consiste à écrire sur les autres. Ils ne perdent rien à essayer d'intimider un journaliste. On ne sait jamais, parfois ça marche. « Cécilia va vous recevoir, mais à une seule condition : que vous ne parliez pas de Jacques Martin. » C'est ce que Nicolas Sarkozy déclara à l'une des auteures, un mardi du début du mois de juillet 2002, dans le salon d'attente

---

mai 2012 (avec un texte revu et augmenté) dans la collection Pluriel.

La vengeance d'une femme

au rez-de-chaussée du ministère de l'Intérieur. Ils étaient arrivés main dans la main, Cécilia et lui, à présent elle se tenait debout à ses côtés, silencieuse. Sarkozy monsieur poursuivait : « Sinon, Cécilia ne vous reçoit pas. » Il prononçait ces mots définitifs alors que son épouse nous avait donné rendez-vous, par téléphone, qu'elle avait elle-même fixé le jour et l'heure, qu'elle ne nous avait posé aucune condition, et que nous étions là, comme prévu. Que faire ? Résister, s'offusquer, et partir sans avoir pu parler à madame ? Obtempérer, et essayer de les convaincre par la suite de l'aberration d'une telle omission ? Cécilia a eu deux filles avec Jacques Martin. Le nier est inutile, vain, puéril, tout autant que de demander au biographe de François Hollande de ne pas parler de Ségolène Royal dans son ouvrage. Pourquoi vouloir gommer une histoire, si elle ne vous fait pas d'ombre ? Mais justement, Ségolène Royal a toujours « fait de l'ombre » à Valérie Trierweiler.

D'abord parce que sa romance avec Hollande a commencé dans le secret, qu'elle était la femme cachée, et que la sortie de

Entre deux feux

l'ombre prit longtemps, trop longtemps, tellement longtemps qu'elle eut maintes occasions de se demander si ça arriverait jamais, maintes occasions d'espérer et d'être déçue, maintes occasions d'avoir peur de rester à jamais cantonnée au *back street*. Chez Valérie Trierweiler, le traditionnel complexe de la « deuxième femme » qui a craint de ne jamais voir la lumière se double d'un autre complexe : ce n'est pas facile, de passer après quelqu'un qui a connu la gloire d'être la première femme candidate d'un grand parti à la présidence de la République. Pas facile de succéder à une femme dont, *a priori*, la notoriété écrasera toujours la sienne.

Le complexe de la femme cachée s'entremêle au complexe de la femme qui n'est pas sûre d'être considérée comme étant à la hauteur de la précédente. La journaliste met trop d'énergie à répéter aux uns et aux autres que Michel Drucker lui a dit qu'elle était la meilleure intervieweuse de Paris pour que ça ne trahisse pas sa crainte, entêtante, de n'être pas reconnue.

Le calendrier de la sortie de l'ombre de

La vengeance d'une femme

Valérie Trierweiler a coïncidé avec la fin de la campagne présidentielle de Ségolène Royal. Dans l'esprit et le cœur de la journaliste, les deux sont liés à jamais. C'est ce qui affleure dans les mots par elle choisis pour commenter la photo de Hollande et Royal sur la scène du meeting de Rennes. Cette légende dont nous parlait Ségolène Royal dans le TGV Paris-Poitiers : « Oui, l'homme que j'aime a eu une femme avant moi. Et il se trouve qu'elle a été candidate à l'élection présidentielle. Je fais avec. » Elle est « cash », Valérie Trierweiler, comme le disent ses amis, « ce qu'elle pense, elle le dit. Si elle ne t'aime pas, tu le sais », elle ne fait pas mystère de ses ressentis. « Je fais avec », a-t-elle écrit. Tout est dit de sa difficulté. Ces trois mots sont un aveu. Un aveu d'impuissance.

Elle voudrait gommer Ségolène Royal de la carte du Tendre de Hollande. La gommer tout court, si possible. La fameuse « ardoise magique » dont parlent les psychanalystes... Dans ce livre de photos[1], la

---

1. *François Hollande président, op. cit.*

Entre deux feux

présidente de Poitou-Charentes n'apparaît qu'à cinq reprises sur plus de trois cent cinquante photos, et encore, dans un plan très très large, ou bien quasiment de dos, ou encore dans une vignette de 3 cm de hauteur. Douze pages plus loin, son visage est coupé à gauche de la photo où on voit François Hollande embrasser Valérie Trierweiler sur la bouche à sa descente de la scène du Bourget. La seule photo de face, relativement grande, est celle qui fait l'objet de la légende évoquée ci-dessus. Cet ouvrage est une saisissante métaphore de la campagne vue à travers l'œil de la journaliste : Ségolène Royal y brille par son absence. Déjà, avant de vouloir l'effacer des livres, la journaliste l'avait exclue de la cérémonie de passation de pouvoir entre Nicolas Sarkozy et François Hollande, le 15 mai 2012. De la même manière – follement absolutiste – qu'elle avait trois ans plus tôt obtenu de son homme qu'il ne convie pas Ségolène Royal à l'enterrement de sa mère[1], elle l'a convaincu de priver son ex-compagne

---

1. *François Hollande, itinéraire secret, op. cit.*

La vengeance d'une femme

de l'intronisation officielle sous les ors de l'Elysée. Pour ne pas avoir l'air d'ostraciser la seule Ségolène, le nouveau président devra également priver de cérémonie d'autres dirigeants politiques de premier plan comme Arnaud Montebourg...

C'est d'autant plus ridicule que, jusqu'à ces affaires, Ségolène Royal était moins regardée comme l'ex-compagne de François Hollande que comme une personnalité politique à part entière. Loin de faire oublier sa rivale, Valérie Trierweiler, par son acharnement maladroit et obsessionnel, lui donne du relief et de l'importance. C'est « le retour du refoulé », selon la terminologie freudienne. Lacan en résuma le principe d'une phrase : « "Ça" parle là où "ça" souffre. » Et "ça" finit à la une des journaux.

On ne saurait faire plus contre-productif. C'est comme le tweet : elle a réussi l'exploit de maquiller un accident en crime. Désormais, ce qui compte, c'est moins la faute politique de Ségolène Royal, qui n'aurait jamais dû abandonner sa circonscription des Deux-Sèvres au profit d'un parachutage

Entre deux feux

douteux à La Rochelle, que la vengeance de Valérie Trierweiler. Ségolène Royal peut prétendre – ce qu'elle fait – qu'elle avait une chance de gagner cette élection législative et que c'est le tweet de « l'autre » qui l'a tuée. La compagne de Hollande offre à la mère de ses enfants le loisir de se positionner en victime.

« Oui, l'homme que j'aime a eu une femme avant moi. Et il se trouve qu'elle a été candidate à l'élection présidentielle. Je fais avec. » Le « oui » sonne comme une réponse provocatrice à une question que nul ne lui a posée. A croire qu'elle a besoin de revenir, encore et encore, sur un passé qui ne passe pas. C'est comme lorsqu'elle déclare au *Times*, dans une interview parue le 9 mai, que « la relation » entre François Hollande et Ségolène Royal « a pris fin il y a sept ans et [qu']elle est bien terminée, [qu']il n'y a plus d'histoire sentimentale entre eux ». Pourquoi préciser l'évidence ? Pourquoi dater l'histoire ancienne ? Or c'est crucial, pour elle. Dans *Le Point* du 7 mai, sous prétexte de légender une photo d'elle assise à côté de

La vengeance d'une femme

François Hollande dans la salle des Quatre Colonnes, à l'Assemblée nationale, elle écrit que leur relation a débuté « en 2005 ». Un scoop. On n'a pas accordé à cette révélation calendaire l'importance qu'elle méritait. Jusqu'en 2011, il était question de 2007. Et encore, évasivement. Même quand il fait son « *coming out* » dans *Gala*, en 2010, Hollande reste volontairement flou : « Chacun sait que depuis plusieurs années je partage ma vie avec Valérie Trierweiler pour mon plus grand bonheur. » Comme il nous le dira : « Valérie en avait besoin. C'était pesant pour elle, l'image de Ségolène. »

Ce fut « pesant » pour elle, en effet, toutes ces années de secret – auquel lui tenait. Lorsque, le 24 août 2007, *Closer* publie en couverture les premières photos (volées) du couple – sur une plage marocaine –, ils ripostent en saisissant le tribunal de grande instance de Nanterre. François Hollande exige le retrait pur et simple de *Closer* des kiosques. Valérie Trierweiler demande 100 000 euros de dédommagement, pour atteinte à la vie privée et au droit à l'image. Mais elle est contente de ces clichés

Entre deux feux

qui, comme elle le confie alors à une amie, « montrent enfin la vérité ». C'est sa première victoire – médiatique – sur Ségolène Royal. Le début de sa sortie de l'ombre. A partir de là, il sera établi qu'ils sont ensemble depuis 2007. Il faudra attendre la fin de la campagne des primaires et la veille de l'investiture de François Hollande, à l'automne 2011, pour que Valérie Trierweiler permette à ses amis journalistes de faire remonter à 2006 les débuts de l'idylle. Puis, au lendemain de l'élection de Hollande, la romance gagna encore une année, via cette légende photo du *Point*. Désormais, ce sera 2005. A chaque fois, c'est un petit morceau de terrain, une petite tranche de vie, que Valérie Trierweiler reconquiert. Contre Ségolène Royal. Tout est là.

Condamnée à l'ombre et au silence, Valérie Trierweiler s'est tue pendant des années, elle était contrainte de laisser Ségolène Royal raconter seule l'histoire. Mais maintenant que François Hollande est président, elle fait tout ce qu'elle peut, en donnant des dates et des durées, pour laver les incertitudes de la période qui fut la pire pour

La vengeance d'une femme

elle : entre 2005 et 2007. Créer une linéarité là où il y eut des soubresauts qui l'ont fait tant souffrir. Car pendant ces trois années, les choses n'ont pas été très claires. Contrairement à une légende entretenue à dessein, François Hollande n'est pas parti de chez lui le premier. C'est Ségolène Royal qui ne rentrait plus le soir, c'est elle qui dormait à son QG, c'est elle, enfin, qui, le soir du deuxième tour des élections législatives de 2007, le 17 juin, peu après 22 heures, a sommé François Hollande de « quitter le domicile conjugal » dans un communiqué de presse. A l'époque, on a prétendu qu'il était déjà parti et que Ségolène Royal ne faisait qu'entériner une situation existante. S'il y a une personne qui sait que ce n'est pas vrai, c'est bien Valérie Trierweiler.

Elle, n'ignore pas que « François a voulu retourner avec Ségolène après la campagne de 2007. Il y a eu un moment de flottement. Il a même été question qu'ils partent en vacances ensemble pour se retrouver », raconte un ami de l'ex-couple Royal-Hollande. Valérie Trierweiler ne l'oubliera jamais. « Vous n'imaginez pas combien elle

Entre deux feux

a souffert, nous confie une de ses intimes. C'était dur pour elle, très dur... » Et l'on voudrait qu'elle n'en soit pas meurtrie à jamais ? D'autant plus que ce « flottement » de l'été 2007 a été le point d'orgue de plusieurs – longues – années de tourments.

Entre 2005 et 2007, elles se sont battues, l'une pour le garder, l'autre pour le récupérer. Valérie Trierweiler a enduré petites et grandes humiliations. A l'automne 2005, elle a vu Ségolène Royal demander François Hollande en mariage. Tout le monde l'a oublié. Pas elle. C'était sur TF1, dans l'émission people « Sagas ». Ségolène Royal et François Hollande s'affichent côte à côte. Elle déclare : « On n'est pas hostiles du tout au mariage. On s'aime ! J'attends que François me demande en mariage. » Et de rire en regardant Hollande. Elle ne s'arrête pas en si bon chemin : « François, veux-tu m'épouser ? » Il ne répond rien. Rit, gêné. « Voyez, il hésite encore. » Lui : « Non, c'est pas ce que je veux dire... Je vous répondrai, après l'émission. » Ségolène Royal sait, pour Valérie Trierweiler.

La première ne s'avoue pas vaincue

La vengeance d'une femme

facilement. Le 29 juin 2006, dans un train qui l'emmène à Rennes pour un meeting, elle surprend les journalistes qui l'accompagnent en leur annonçant qu'elle rêve d'un « mariage avec François » Hollande en Polynésie. Le monsieur a beau répondre qu'il n'est « pas au courant », ce projet de mariage, fût-il unilatéral, donne lieu à des articles dans tous les journaux. Et Valérie Trierweiler ronge son frein. En silence. Ce n'est qu'aujourd'hui qu'elle se sent le droit de répondre enfin à ces stupéfiantes déclarations de guerre contre elle sous forme de demandes en mariage. Si elle précise au *Times* que, depuis « sept ans », « il n'y a plus d'histoire sentimentale entre eux », c'est dans ce but et dans ce but seulement. Une façon de hurler la vérité, sa vérité, sept ans après. Une façon de se venger, *ex post*, des mises en scène médiatiques de Ségolène Royal en 2005, 2006 et 2007. Une façon, aussi, de gommer les atermoiements de Hollande.

Valérie Trierweiler s'exprime comme une femme qui s'est trop longtemps tue. « Elle n'est pas sereine, convient une de ses intimes. Elle est dans le rapport de force, elle veut marquer son territoire, surtout vis-à-vis de Ségolène, qu'elle a du mal à ne pas considérer, encore aujourd'hui, comme une menace. »

Corneille avait prévu, par la bouche d'Alcippe : « La jalousie aveugle un cœur atteint. / Et, sans examiner, croit tout ce qu'elle craint[1]. »

Valérie Trierweiler « craint » la complicité retrouvée de Ségolène Royal et François Hollande. « A tort, promet un ami de celui-ci. Aujourd'hui, la relation de François et Ségolène est avant tout politique. » Cette dernière ne prétend d'ailleurs pas le contraire. Il faut voir avec quelle détermination farouche elle nous a déclaré, à la mi-juillet 2012 : « Les contacts que j'ai avec François Hollande sont des contacts purement politiques. Je suis une femme politique. » Certes. Mais une femme, et lui un homme.

Pas sûr que ces « contacts purement politiques » rassurent l'intranquille Valérie

---

1. *Le Menteur*, acte III, scène 2.

La vengeance d'une femme

Trierweiler. Quand, en février 2012, on se perdait devant elle en circonvolutions – « il paraît que François Hollande était amoureux de vous depuis bien longtemps… » –, elle eut cette réponse, nette : « François me répète souvent qu'on a perdu quinze ans. Mais ça, vous ne pouvez pas l'écrire ! » Elle est magnanime : ça laisse à Ségolène Royal et François Hollande quelques années ensemble…

11

Les écrits restent…

« J'ai toujours aimé l'entendre dans les meetings. J'ai toujours adoré ça. Sans être une groupie non plus. Je n'ai jamais été une groupie de François Hollande », nous a juré Valérie Trierweiler à la fin de l'hiver 2012. Nous avons décidé de la prendre au mot. Aux mots. Tous les mots. Comme elle a écrit, dans les colonnes du *Point* daté du 7 mai 2012, que c'est « en 2005 » que sa « relation » avec Hollande a pris un « nouveau tour », nous avons exploré les archives de *Paris Match* de cette année-là (2005) et la précédente (2004), afin de voir si déjà on y décelait les racines de la romance. Voici quelques morceaux choisis extraits des

Les écrits restent...

articles de celle qui était une journaliste politique parmi d'autres. Les écrits restent...

Le 24 novembre 2005, dans le numéro 2949 de *Paris Match* : un grand article titré « PS. Et maintenant ». Valérie Trierweiler y renvoie dos à dos les ambitions présidentielles de Jack Lang et de Ségolène Royal. « Comme elle, il lui reste à faire la démonstration de sa crédibilité de candidat, travailler sur le fond des idées. (...) Aucun d'entre eux ne pourra parvenir au pinacle sans le soutien de François Hollande. (...) Le faiseur de roi ou de reine, c'est lui. A moins qu'il ne décide de garder la couronne pour sa tête. (...) Revenu des tréfonds où l'avait plongé la victoire du non dans le pays, François Hollande a fait montre d'une résistance à toute épreuve. Jamais il ne renonce, jamais il ne cède, jamais il ne se lasse. En campagne permanente depuis trente mois, des milliers de kilomètres plus tard, il connaît le prénom de la quasi-totalité des adhérents. N'ignore rien des rapports de force de chacune des fédérations et ne vit que pour la politique. » A cette date-là, sa

Entre deux feux

romance avec François Hollande est avérée – puisque Valérie Trierweiler elle-même date le début de leur histoire en 2005... Ô ironie, l'article est – notamment – illustré par une photo où Ségolène Royal se tient au bras de François Hollande, et où tous deux sourient. « Le couple phare du PS », mentionne la légende.

Même ironie (involontaire ?) deux mois plus tôt, le 1er septembre 2005, dans le numéro 2937 de l'hebdomadaire, à l'occasion d'un long article de Valérie Trierweiler sur Dominique Strauss-Kahn titré « DSK entre en lice ». On peut y contempler un cliché de François Hollande et Ségolène Royal le samedi soir précédant la publication du journal, quand ils arrivent au banquet à huis clos des militants, à La Rochelle, lors de l'université d'été du PS. Même quand il s'agit de raconter comment DSK aiguise ses armes, la journaliste trouve le moyen de glisser tout le bien qu'elle pense de François Hollande : « Son appel au rassemblement a été entendu et son discours devant les militants, particulièrement bien reçu. »

Les écrits restent...

Le 27 janvier 2005, dans le numéro 2906, dans un article titré « Hollande déjà candidat », elle assure : « Par petites touches, il installe son image de bon présidentiable. »

Le 20 janvier 2005, dans le numéro 2905, on trouve un article sur la Constitution européenne où elle écrit : « François Hollande, après avoir brillamment réussi la première manche lors du vote interne au PS, se prépare à doubler la mise. » Un brin hasardeux, quand on sait que, quatre mois plus tard, le « non » l'emporta lors du référendum... « Ce fut un drame pour le parti socialiste et pour moi. C'est moi qui porte le masque du vaincu », dira Hollande à l'une des auteures, en février 2011.

Le 9 décembre 2004, dans le numéro 2899, alors que le « oui » à la Constitution européenne vient de l'emporter lors du référendum interne au parti socialiste, Valérie Trierweiler s'occupe d'un dossier de huit pages titré « Tout roule pour François Hollande ». Son article commence par ces mots : « Un jour de décembre, François

Entre deux feux

Hollande est devenu présidentiable. Au détour d'un référendum. » La journaliste ne précise pas qu'il s'agit d'un référendum interne au PS. Le texte se poursuit ainsi : « Pourtant, cette victoire-là, il ne l'avait pas vue venir. Pas comme ça. Pas à près de 59 %. Pas en laminant Fabius. Il n'y avait qu'à l'observer toute cette journée du 1er, trompant son angoisse sur les marchés de Tulle, son fief. Toujours le même et tellement différent. (…) "Je donnerais tous les référendums du monde pour avoir cet âge-là", lâche-t-il en regardant les adolescents chahuter les pieds dans la gadoue. Il ne rit plus. Pourtant il n'a pas raté sa trajectoire cet homme-là. (…) L'année 2004 restera gravée. C'est l'année aux cinq victoires : les régionales, les cantonales, les européennes, les sénatoriales et ce référendum en guise d'apothéose. 2004 marque un autre tournant encore, celui de ses 50 ans. Un véritable tourment que l'approche de ce 12 août dernier. C'est à peine s'il tolère, à ce moment-là, les plaisanteries à ce sujet, lui si enclin à l'autodérision. (…) Ses rivaux

Les écrits restent...

le sous-estiment et c'est sa force. C'est toujours l'air de rien qu'il fait les choses, en riant. (...) En 2002, conscient de ses responsabilités, il repart, ne se laisse pas abattre comme d'autres. »

Valérie Trierweiler a interrogé la maman, les copains, Jacques Delors, etc., mais pas Ségolène Royal. En revanche, cette dernière apparaît à côté de François Hollande sur quasiment toutes les photos du dossier.

A cette époque-là, Ségolène Royal refuse tout contact avec Valérie Trierweiler. Elle a déjà alerté Laurence Masurel, la chef du service politique de *Paris Match*, au sujet de la « relation » entre son compagnon et la journaliste...

Le 1er avril 2004 (numéro 2863 de *Paris Match*), ce n'est pas un poisson d'avril, c'est un sujet de quatre pages intitulé « Ségolène et François, un couple royal pour la République ». On peut y lire, sous la plume de Valérie Trierweiler : « La victoire de la gauche aux régionales, c'est avant tout celle du couple Hollande-Royal. (...) Le tandem n'a pas toujours aussi bien fonctionné. »

Entre deux feux

Et la journaliste de rappeler qu'elle est entrée au gouvernement, et pas lui. « La star, c'est décidément elle, mais c'est lui qui entraîne Ségolène dans ses choix idéologiques. Le delorisme, les transcourants, Jospin : à chaque fois, elle le suit dans ses engagements. 1993, la victoire pour elle, la déroute pour lui. Ségolène est non seulement l'une des rares rescapées, mais c'est elle qui enregistre le plus haut score de la gauche. Déjà. Pour François Hollande débute le plus dur moment de sa carrière. Les interrogations, les doutes se mêlent au découragement. Il déclare alors qu'il "est jaloux de Ségolène". »

Continuant sa narration, Valérie Trierweiler arrive en 2002. « Cette fois-ci, c'est Ségolène qui souffre, la vedette du couple ce n'est plus elle. Elle a épuisé les charmes de l'Assemblée, s'ennuie. L'ancienne ministre vient de plus en plus rue de Solférino, assiste aux réunions auxquelles elle n'est pas conviée, agace certains membres du PS. Dans les allées du congrès de Dijon, elle le suit à la trace. Boit un peu de sa victoire à lui. Profite des projecteurs braqués sur lui. »

Les écrits restent...

Sur la campagne régionale en Poitou-Charentes, Valérie Trierweiler écrit : « Quinze semaines durant lesquelles elle fait oublier son surnom de départ, Calamity Jane. (...) Pour la première fois, elle fuit les caméras, réfrène son goût prononcé pour les sunlights. » Sous prétexte de dire qu'elle s'est améliorée, la journaliste prend soin d'énumérer ses défauts.

Dans cet article, elle mentionne un détail troublant : elle écrit que Ségolène Royal n'a « jamais voulu épouser » François Hollande. Plus loin, elle décrit l'admiration de Ségolène Royal pour son compagnon : « Il n'y a qu'à observer son regard lorsque, au premier rang, elle l'écoute dans les meetings. Elle est toujours la première à rire de ses bons mots. Au cours de leurs rares dîners en ville, elle s'efface et c'est lui qui tient l'auditoire en haleine. Mais elle sait sortir aussi les griffes si nécessaire. Elle se méfie des femmes qui l'approchent et réagit à la moindre attaque contre son homme. (...) Au cours de la campagne, le premier secrétaire est rentré plus d'une fois d'un meeting à l'autre bout de la France après 2 heures du

Entre deux feux

matin, pour repartir avant 7 heures. Avoir au moins le sentiment de ne pas délaisser les quatre enfants. Leur mère est restée parfois plus de dix jours sans revenir à la maison. » Pas très amène, tout ça...

Où l'on voit que Valérie Trierweiler a continué d'écrire sur le parti socialiste et sur François Hollande jusqu'à la toute fin de l'année 2005, alors même qu'elle reconnaît aujourd'hui que leur relation sentimentale avait commencé cette année-là. Alors même qu'Alain Genestar, le directeur de la rédaction de *Paris Match*, lui avait demandé de se mettre en retrait du PS et de se consacrer au suivi de Matignon (Jean-Pierre Raffarin jusqu'en mai 2005 puis Dominique de Villepin). Dans sa besace également : un peu d'écologie, un peu d'Europe. C'est d'abord par le biais de l'Europe qu'elle a continué d'écrire sur le PS : le référendum sur le traité constitutionnel a beaucoup agité les partis politiques, et notamment le PS et son premier secrétaire de l'époque, François Hollande... Mais même sans l'alibi de l'Europe, elle n'a pas cessé de chroniquer les aventures

Les écrits restent...

de François Hollande : sa préparation du congrès du Mans, en novembre 2005, sa guerre de tranchées avec Fabius, sa stratégie, ses ambitions, etc.

Dans la rédaction de *Paris Match*, Ségolène Royal eut une interlocutrice privilégiée à qui elle put, des années durant, parler de Valérie Trierweiler tout son soûl : Laurence Masurel, alors chef du service politique de l'hebdomadaire, celle qui, en 1989, a embauché la jeune Valérie Trierweiler. A partir de 2004, sous couvert de vouloir, comme elle le prétendait, « protéger Valérie », Laurence Masurel raconte l'histoire dans les couloirs du journal. C'est peu dire que, depuis ce moment-là, les relations entre les deux femmes se sont envenimées. De la houle. Puis Laurence Masurel a quitté *Paris Match*, puis Hollande a été élu président de la République... Puis Valérie Trierweiler a invité son ex-chef à déjeuner à l'Elysée, dans l'aile est du palais présidentiel, dans la salle

Entre deux feux

à manger réservée aux invités personnels de la « première dame ». Est-ce parce que Laurence Masurel a laissé entendre qu'elle songeait à sortir un livre ? Toujours est-il que la compagne du président de la République lui a fait l'honneur de son premier déjeuner. Et ce ne furent que des mots doux de part et d'autre. « Vous êtes comme ma deuxième mère », lui a dit Valérie Trierweiler – qui n'a jamais cessé de vouvoyer Laurence Masurel. Cette dernière est sortie de l'Elysée toute « trierweilerisée ». Désormais, elle ne dit plus que du bien de « Val » et refuse de répondre aux sollicitations des journalistes désireux de lui faire raconter l'histoire de Valérie Trierweiler à *Paris Match*. Jusqu'au déjeuner à l'Elysée, elle parlait. Comme quoi...

12

2007, année névrotique

Il est une année que chacun d'eux trois marque d'une pierre noire : 2007. L'année des trahisons. Des manquements. Des flottements.

Ségolène Royal a été investie candidate du parti socialiste à l'élection présidentielle. Nul ne l'avait vue venir, et surtout pas François Hollande, qui espérait être celui-là. Il nous l'a confirmé, quand on le rencontra en février 2011 : « En 2006, je le leur ai dit à tous, Fabius, Strauss-Kahn, et cætera, que la seule façon de faire barrage à Ségolène, c'était de dire : "On est tous derrière le premier secrétaire." Ils ne l'ont pas fait. » C'était ça, son espoir : gagner du temps,

Entre deux feux

puis s'imposer dans la dernière ligne droite au nom du TSS (Tout Sauf Ségolène), cette stratégie qu'il a tenté de faire valoir, lui, le compagnon officiel de la dame. C'est peu dire qu'il ne l'a « pas poussée », comme il nous l'a dit. Quand, à l'automne 2006, il a finalement été obligé de s'incliner devant l'ascension de « Ségolène », il en aurait pleuré. Lui, doublé par une femme, par sa femme ! « Il a été jaloux d'elle, à ce moment-là », confirme Malek Boutih. Il l'avait déjà été en 1993, si l'on en croit l'article de Valérie Trierweiler cité plus haut. La même dit aujourd'hui, à propos de 2007 : « Ségolène l'a empêché d'être candidat. »

Quand, en février 2011, on demande à François Bayrou son pronostic sur les chances de l'autre François, Hollande, le centriste s'interroge à haute voix : « A-t-il l'étincelle ? Je n'arrive pas à comprendre pourquoi il ne s'est pas présenté en 2007. » Aux yeux de Bayrou, le fait que Hollande ait déclaré forfait cette fois-là est un signe. Un mauvais signe. A mettre à son passif politique. L'intéressé, lui, a tenu devant

2007, année névrotique

nous d'étranges propos sur cette période : « Ségolène était à son affaire. Elle n'a pas eu conscience que la cristallisation autour d'elle m'empêchait. » Faux. Elle l'a fait pour ça. Pour l'« empêcher », comme il dit. Julien Dray, qui était le conseiller le plus proche de Ségolène Royal pendant cette campagne, l'atteste : « Si elle y est allée en 2007, c'est parce qu'elle se savait bafouée. » La trahison privée l'a politiquement libérée. Jusque-là, elle donnait la primauté à son homme. « Ségolène Royal était très effacée, raconte le lobbyiste Paul Boury, un ami de feu le couple Royal-Hollande. Elle n'était pas du genre à lui couper la parole à table, plutôt à être aux petits soins – "Tu veux du sel, François ?" C'est par la suite qu'elle est devenue une tigresse. » Quand il s'est agi pour elle de se venger de lui.

En retour, Hollande lui a manqué politiquement. Après l'investiture de Ségolène Royal, lui, premier secrétaire du parti socialiste, n'a pas utilisé ses aptitudes à mettre tout le monde d'accord pour convaincre l'appareil de marcher derrière la candidate. Il aurait pu. Il aurait su. Il ne l'a pas fait.

Entre deux feux

« François a assuré le service minimum. Point barre », admet un fidèle hollandais. A l'époque, Ségolène Royal ne manquait pas une occasion de se plaindre : « J'ai gagné contre le parti, qui ne voulait pas de moi. Le parti ne me soutient pas. » « Le parti »...

Résumons : 2007 est l'année où Ségolène se venge de François qui se venge de Ségolène.

Et Valérie Trierweiler, là-dedans ? C'est en 2007 que son statut de femme cachée, de maîtresse condamnée à l'ombre, lui a été le plus insupportable. Parce que l'autre femme, elle, était en pleine lumière. On ne voyait que Ségolène. A la télévision, sur les couvertures des journaux. La journaliste avait peur de tout perdre, en cas de victoire de Royal. Elle craignait le moment où la vengeance de « Ségo » s'abattrait sur elle.

Et puis, on l'a vu, François Hollande ne s'était pas résolu à quitter le domicile conjugal qu'il partageait avec Ségolène Royal. Ce flottement – qui a torturé Valérie Trierweiler – perdurera jusqu'à la fin de l'été 2007.

C'est aujourd'hui seulement que la journaliste se venge de ce qu'elle a alors enduré.

2007, année névrotique

Le tweet du 12 juin 2012 n'est pas sa première déclaration de guerre publique à Ségolène Royal. La compagne de François Hollande a déclenché les hostilités trois mois plus tôt, au début de mars, quand sort le livre de son amie Constance Vergara[1]. Elle y déclare qu'elle n'a pas voté pour Ségolène Royal en 2007. « Je ne le pouvais pas, ne le voulais pas. » Au second tour, elle n'est pas allée voter du tout, pour ne pas avoir à mettre dans l'urne un bulletin Royal. Soit. Mais pourquoi avoir besoin, cinq ans plus tard, de prendre les Français à témoin de son ressentiment ? Car Valérie Trierweiler a voulu que cela soit écrit. C'est une phrase autorisée. Pour régler les comptes de 2007.

---

1. *Valérie, Carla, Cécilia, Bernadette et les autres, en campagne*, de Constance Vergara, Editions Tallandier, mars 2012.

13

La deuxième femme est l'avenir de l'homme

« La vraie histoire, c'est que François et Ségolène étaient puceaux jusqu'à 50 ans. » Cet intellectuel parisien n'a pas son pareil pour ciseler des formules qui claquent dans les dîners en ville. Y avait-il vraiment, comme il le sous-entend, aussi peu de passion entre François Hollande et Ségolène Royal ? Leur itinéraire conjugal était trop parfait pour être intense : rencontre à l'ENA, un enfant, deux enfants, trois enfants, quatre enfants, sans compter le cinquième bébé du couple, la politique.

Ségolène Royal était la plus jolie énarque de la promotion Voltaire, mais pas la plus

La deuxième femme est l'avenir de l'homme

sexy. Quand Hollande entreprit de faire sa conquête, elle ressemblait encore à une petite fille qui ne se serait pas vue grandir, un peu gauche, non encore initiée aux plaisirs de la vie. Ils apprirent la politique ensemble. Du même côté de la barrière.

Valérie Trierweiler, elle, était de l'autre côté. Elle était la plus ravissante journaliste politique de Paris, une Lauren Bacall très française que sa voix – travaillée – faisait passer pour snob, ce qu'elle n'a jamais été. Hautaine, en revanche, elle l'était. Froide, aussi. Elle toisait ces messieurs, et il le fallait, car sa beauté en a chaviré plus d'un. « Je me souviens encore de la façon dont Hubert Védrine la dévorait des yeux..., raconte l'une de ses consœurs qui a, comme Valérie Trierweiler, suivi la campagne présidentielle de Jospin en 2002. Un jour, dans un bus, elle s'apprêtait à récupérer son sac dans le porte-bagages au-dessus d'elle quand il se précipita pour l'aider. Non seulement elle ne lui fit pas le plaisir de le laisser faire, mais elle ne lui fit même pas la grâce d'un regard. » Pas le genre à minauder. Piquante, elle a le sens de la repartie. En témoigne

Entre deux feux

cette scène exquise relatée par Raphaëlle Bacqué et Ariane Chemin dans leur dernier livre[1] : « Un jour, salle des Quatre Colonnes, Strauss-Kahn se dirige vers le petit groupe de chroniqueurs politiques au milieu duquel [Valérie Trierweiler] se trouve. "Comment va la plus jolie journaliste de Paris ?", demande le député du Val-d'Oise. Et elle, du tac au tac, cinglante : "Je croyais que c'était Anne Sinclair..." » Au lieu de faire fuir les hommes politiques, sa raideur les fascinait plus encore. François Hollande était de ceux-là, bien sûr. Quand il la rencontra, elle n'avait pas 30 ans, mais elle faisait déjà très femme. L'heure n'était plus à se déniaiser. Ils avaient tous les deux un conjoint, des enfants, une maison, des dettes, des illusions perdues, une envie de revanche. Il faisait de la politique, elle écrivait dessus. Renvoi d'ascenseur ; commerce intelligent ; séduction réciproque ; magnétisme de l'homme de pouvoir ; charme de la femme de presse cherchant à le faire parler... Bla bla bla.

---

1. *Les Strauss-Kahn*, de Raphaëlle Bacqué et Ariane Chemin, Albin Michel, juin 2012.

La deuxième femme est l'avenir de l'homme

Bref : cela prit du temps, mais comme tant d'autres avant eux, le politique et la journaliste s'aimantèrent.

La deuxième femme est l'avenir de l'homme. La première femme de la vie de François Hollande était une femme politique. La deuxième est une journaliste politique. A croire que les journalistes sont l'avenir des hommes politiques... Anne Sinclair et Dominique Strauss-Kahn, Béatrice Schönberg et Jean-Louis Borloo, Christine Ockrent et Bernard Kouchner, Audrey Pulvar et Arnaud Montebourg, etc. Son avenir, Hollande l'a « saisi » !

Les amis de Valérie Trierweiler affirment qu'« elle l'a révélé à lui-même ». Par et pour l'amour de Valérie-Bérénice, François-Titus (encore lui !) a été transfiguré :

« Bérénice me plut. Que ne fait point un cœur / Pour plaire à ce qu'il aime, et gagner son vainqueur ? / Je prodiguai mon sang ; tout fit place à mes armes. / Je revins triomphant », rappelle l'empereur de Rome à Paulin, son confident[1].

---

1. *Bérénice*, acte II, Scène 2.

Entre deux feux

François Hollande n'est plus le même homme. Lui qui jadis déclarait : « En amour, c'est comme en anglais, je suis dans le groupe faible[1] », s'est « métamorphosé », pour employer un vocable si cher à Dominique de Villepin. La perte de poids de l'été 2010 ne fut que le couronnement – et l'indice – de cette transformation commencée en 2009. Cette année-là fut la pire, « une année lugubre pour lui », selon l'expression d'Olivier Falorni. 2009, en effet, c'est l'après congrès de Reims, quand François Hollande n'est plus premier secrétaire du parti socialiste – Martine Aubry lui a succédé. « C'est l'hallali politique », se souvient Falorni. C'est aussi l'année où Hollande perd sa mère, sa « plus fidèle militante », comme il dit. Une *annus horribilis*, donc, mais également l'année où débute la métamorphose. Car il y a à ses côtés « Valérie », une femme amoureuse « qui lui donne la force de vouloir » – *dixit* Aquilino Morelle, l'actuel conseiller politique du nouveau président.

---

1. *François Hollande, un destin tranquille*, de François Bachy, Plon, 2001.

La deuxième femme est l'avenir de l'homme

« S'il a fait ce régime et maigri, c'est pour lui plaire. Pour signer aussi le début d'un nouveau cycle, d'une nouvelle vie. Elle, a changé de couleur de cheveux », précise une journaliste amie de Valérie Trierweiler. En octobre 2011, au lendemain de la victoire de Hollande aux primaires, Aquilino Morelle relevait : « Hollande n'a pas le tempérament de Sarkozy mais il est intimement convaincu que dans le ciel brille une étoile pour lui. Sa chance, c'est sa bonne étoile. Il y croit. Sa deuxième chance, c'est qu'il est raide dingue de Valérie. Il en est fou. Pour elle, il est prêt à tout. Donner cette force-là à un homme, c'est lui donner 90 % de ce dont il a besoin. » Même quand cet homme s'appelle Alain Delon… Le célèbre acteur ne confie-t-il pas : « Moi, ce qui me fait avancer, c'est le regard d'une femme » ?

Le regard de Valérie Trierweiler a porté François Hollande au sommet. Déjà en septembre 2010, alors que Dominique Strauss-Kahn caracolait en tête des sondages, elle jurait à qui voulait l'entendre – éditeurs, confrères, hommes politiques – que « François » serait « président ». Et pendant la

Entre deux feux

campagne, elle répétait ce bon mot à l'adresse de « ses » trois hommes : « Cette année, vous me faites le grand chelem ! » Ses deux fils présentaient le bac ; François Hollande l'examen suprême. Tous trois ont réussi.

Elle a cru en eux, elle a cru en lui. A Hollande, elle a donné ce petit rien qui change tout. La journaliste ne se prive d'ailleurs pas de le rappeler elle-même, comme ce 13 septembre 2011 où elle a posté sur son compte Twitter une phrase de Pompidou extraite d'un documentaire diffusé quelques jours plus tard sur France 3 et intitulé *L'amour au cœur du pouvoir*. Voici ce que dit Pompidou : « Je n'aurais jamais pu assumer les charges de ma fonction si je n'avais pas été heureux en couple. » Valérie Trierweiler n'a pas eu besoin de commenter. Elle veut que toute la France sache qu'elle rend Hollande heureux. Mais ça ne suffit pas. Aux journalistes qu'elle rencontre depuis l'élection de François Hollande, elle a du mal à ne pas parler, encore, de Ségolène Royal – en *off*, bien entendu : « Cette fois-ci aussi, comme en 2007, elle a essayé de l'empêcher

La deuxième femme est l'avenir de l'homme

d'être candidat. Heureusement que j'étais là, pour le pousser ! » En finira-t-elle jamais d'éprouver le besoin de se mesurer à sa rivale ?

Quand, après l'affaire du tweet, la rumeur de leur séparation a parcouru le microcosme politico-médiatique, même Julien Dray, qui aurait pourtant beaucoup à y gagner, la balayait d'un haussement de sourcils : « François est amoureux. On ne se sépare pas d'une femme qu'on aime. »

14

L'homme qui insécurisait les femmes

« Valérie Trierweiler est insécurisée. Il faut dire que François Hollande n'est pas un homme sécurisant, pour une femme. » Foi de... Rachida Dati ! L'ancienne garde des Sceaux de Nicolas Sarkozy a un instinct très sûr, en matière d'hommes. Un ami de longue date de Hollande confirme : « François a une part de responsabilité dans l'incroyable jalousie de Valérie. Il aime les femmes. Il les regarde. C'est très angoissant pour Valérie. »

Ça l'est d'autant plus que, depuis qu'il est entré en campagne, en mars 2011, il lui a échappé. « En 2009 et 2010, Valérie a vécu

L'homme qui insécurisait les femmes

deux ans de bonheur absolu avec François. Elle l'avait tout à elle. *Exit* Ségolène. Puis tout à coup, elle s'est senti cocufiée. Et plus la campagne avançait, plus elle se sentait dépossédée de son François », décode un proche du couple. « François me trompe avec la France », a-t-elle, elle-même, plusieurs fois dit à des amies.

Ce n'est pas pour rien qu'elle nous déclara, à la fin de la campagne : « Je cherche à me rapprocher géographiquement de lui, sinon je ne le vois plus. » Elle semblait nostalgique des années de traversée du désert, quand François Hollande et elle sillonnaient les routes de France en voiture, en chantonnant sur le dernier album de Jean-Louis Aubert, *Ideal Standard*. En plein cœur de l'hiver 2012, tandis que son homme n'en avait plus que pour la France et les Français, cette amoureuse exclusive nous confiait en soupirant : « Ce n'est pas quelqu'un dont on se lasse. Je suis heureuse quand je suis seule avec lui. » Quand c'était trop dur, elle s'énervait. Ou bien elle disparaissait. Un ancien du QG avoue : « Une fois par semaine, elle faisait une mégacrise. » La

Entre deux feux

tactique de la disparition est née pendant la campagne. Avec un compagnon qui laisse aussi peu transparaître ses émotions, il faut ruser. François Hollande ne donne jamais prise ; « il se refuse à l'expression des sentiments intimes », témoigne Olivier Falorni. Rien ne semble pouvoir affecter celui dont Julien Dray dit aussi : « François est assez léger et indifférent dans son rapport aux gens. »

Avec Valérie, c'est autre chose, bien sûr. Mais enfin. Tant qu'elle est là, quoi qu'elle dise, il reste imperturbable. Quand elle n'est pas là, en revanche... Il pianote sur son téléphone, puis relève la tête et demande à la cantonade : « Où est Valérie ? Vous savez où est Valérie ? » Jacques Chirac faisait pareil. « Où est Bernadette ? », disait-il si souvent. En dépit de tout, des incartades et autres batifolages, elle était son point fixe. « Où est Valérie ? » Ça arrivait pendant des réunions, au QG de campagne de l'avenue de Ségur. Mais aussi, et c'était plus mémorable, lors de déplacements. Le 15 février 2012, tandis qu'il se promène, elle à son bras, dans les rues de Rouen, sa ville

L'homme qui insécurisait les femmes

natale, entouré d'une meute de journalistes, de photographes et de cameramen, elle soupire de plus en plus ostensiblement. Après qu'elle et lui sont entrés dans un café pour, espère-t-elle, un moment en tête à tête, les journalistes les ont rejoints et François Hollande n'y a rien trouvé à redire. Alors elle s'est fait la belle, ses yeux encolérés cachés derrière les lunettes de soleil dont elle ne se départait guère, pendant cette campagne. « Elle se protège de tout », nous a assuré, début 2012, l'écrivain Laurent Binet, qui a suivi la campagne de Hollande pour en faire un livre[1]. Des vitres fumées devant les yeux, c'est une protection contre le mauvais œil, et les médias, aussi. Planquée derrière, elle pouvait fusiller du regard qui elle voulait. Elle est impulsive, Valérie Trierweiler. « Il ne faut pas la contrarier, assure un de ses collègues de *Paris Match*. C'est une femme qui a des coups de sang. » Elle en eut quelques-uns, pendant la campagne. Le 16 mars, à Strasbourg, elle voulait un

---

1. *Rien ne se passe comme prévu*, de Laurent Binet, Grasset, août 2012.

Entre deux feux

déjeuner en amoureux. Ne l'ayant pas eu, elle a disparu, une fois de plus. Il ne savait pas où elle était. Elle était rentrée à Paris. Même scénario le 28 mars, à Nice. Un coup de tête, encore. Et tant pis s'ils sont de plus en plus nombreux, les machistes – hommes et femmes ! – à la tenir pour « hystérique », ce vocable qui à lui seul discrédite les femmes de tempérament, et que Lacan, encore lui, définissait ainsi : « L'hystérique est une esclave qui cherche un maître sur qui régner. » Bigre !

A la fin de la campagne, les fugues de Valérie Trierweiler étaient tellement fréquentes qu'il suffisait que François Hollande ne l'ait pas vue pendant quelques minutes pour que déjà il s'inquiète : « Où est Valérie ? »

Disparaître, c'est une façon de l'insécuriser en retour, de lui rendre la pareille. Disparaître, c'est une façon d'exister. Surtout quand on ne se sent pas assez valorisée par sa moitié devant les tiers. « Nicolas Sarkozy avait besoin de tenir sa femme par la main en public, de dire à tout le monde qu'elle était belle, raconte Rachida Dati. Il

L'homme qui insécurisait les femmes

parlait de Cécilia, puis de Carla, à tous les gens qu'il rencontrait. François Hollande, lui, n'effleure même pas Valérie Trierweiler en public. C'est elle qui attrape son bras et pas l'inverse. »

François Hollande a beau enjoindre fréquemment à ses amis et ses collaborateurs de « rassurer Valérie », jamais lui-même ne la réconforte en lui témoignant son affection en public. Trop de pudeur, trop de maîtrise de soi. Chez lui, tout est contenu. Chez elle, ça déborde. Elle se contrôle d'autant moins que lui n'est que retenue. Ils s'équilibrent, en quelque sorte. Quand ils ne sont que tous les deux. Lorsque surviennent des interférences, c'est plus compliqué.

Son insécurité a tôt fait de rendre Valérie Trierweiler agressive. « Son angoisse la porte à nourrir une forme de raideur et de tension. Ce qui fait que les gens ont peur d'elle, explique un proche de François Hollande. Valérie n'est pas méchante, mais elle est très anxieuse et elle manque de confiance en elle. Le paradoxe, c'est qu'elle partage la vie d'un des hommes les plus sûrs de lui et les plus détendus qui soit. François

Entre deux feux

est un homme qui détend les situations. C'est d'ailleurs comme ça qu'il est devenu chef, par ce talent qu'il a à mettre tout le monde d'accord horizontalement. Il n'a pas besoin d'être autoritaire. Elle, si. » Laurent Binet le formule autrement : « Ils ont une télégénie inversée, elle et Hollande. Elle qui a l'air si froide, elle est rigolote. Et lui, en revanche, dégage une énorme confiance en lui. Il est bien plus intimidant qu'elle. »

Mais beaucoup moins maladroit… Un exemple ? Le 15 mai, jour de la passation de pouvoir avec Sarkozy, elle ne s'est pas contentée de « franchir le sparadrap » – l'expression est de Bernadette Chirac, qui s'en était offusquée – pour aller serrer les mains des corps constitués dans le sillage de François Hollande à la fin de la cérémonie. Non, il a fallu qu'elle déclare au micro de France 2, tandis que François Hollande grimpait dans sa Citroën DS5 cabriolet : « Je le laisse remonter les Champs-Elysées seul. » *Sic.*

Excepté quand elle disparaissait, elle ne l'a pas « laissé seul » souvent, pendant la campagne. C'était d'ailleurs une vraie difficulté,

L'homme qui insécurisait les femmes

pour les collaborateurs de François Hollande. Au lendemain de l'arrivée à l'Elysée, l'un d'eux cherchait à se tranquilliser : « La mécanique de l'Etat va résoudre le problème Valérie. La campagne a été un paroxysme car on ne pouvait pas la décoller de François. Ici, à l'Elysée, elle n'est pas au même étage que lui. La dissociation est mécanique. Cela résout une partie du problème. » Optimiste. A ce moment-là, déjà, un de ses amis politiques avait alerté François Hollande : « Il y a un problème avec Valérie. » Réponse du nouveau président : « Oui, je sais. Tu devrais lui en parler. » C'était avant le tweet. Depuis, ce même ami soupire : « Quel que soit ce que Ségolène lui a fait, le tweet de Valérie est inexcusable. Dans sa situation, il faut savoir se contrôler. » Hollande a-t-il appris à la rassurer ?

15

Aire de je

Quelques jours après l'affaire du tweet, Valérie Trierweiler envoyait ce SMS à une amie : « Je ne sais pas si je vais supporter d'être femme de... même de président. » Elle l'a écrit ; cela faisait des mois que tout chez elle le criait. Depuis que François Hollande a remporté les primaires socialistes, Valérie Trierweiler souffre d'une vraie blessure narcissique : on a prétendu la priver de son métier de journaliste, celui qu'elle a arraché à la vie, elle, la cinquième d'une tribu de six dont la mère, caissière à la patinoire d'Angers, a trimé pour épauler le père, assigné à résidence par l'éclat d'un obus qui lui a coûté la jambe à l'âge de

Aire de je

13 ans. Grand reporter politique à Paris, c'est sa revanche – sociale et identitaire. Elle en est fière, si fière. Quand, au cours de leurs dernières conversations, Philippe Labro, l'homme de lettres et de médias, lui suggérait de s'en détacher, elle lui a répondu : « Que vais-je faire ? Qui vais-je être ? »

Valérie Trierweiler n'est pas du genre à panser en silence ses blessures d'orgueil. A partir du printemps 2011, « elle est dans l'affirmation de soi », comme le souligne aujourd'hui Patrice Biancone, son chef de cabinet à l'Elysée. « Jusqu'à la mise hors jeu de Dominique Strauss-Kahn, elle était discrète, comme elle l'a toujours été, témoigne une de ses consœurs de *Paris Match*. Elle a commencé à faire des siennes quand elle a compris que François Hollande avait de fortes chances d'être élu président de la République. Parce qu'elle a eu peur de disparaître. »

Pendant la campagne, pour montrer qu'elle existe avant tout, avant le protocole, avant le poids des enjeux qui se profilent, Valérie Trierweiler avait trouvé son

Entre deux feux

« aire de je » : Twitter. Sur le réseau social, la journaliste joue à se faire peur et faire parler, flirtant avec les lignes jaunes, dans un frisson d'ego, imposant au fil du buzz le tempo de ses coups de gueule et de ses coups de blues... « Twitter, c'est l'endroit où je n'abdique pas ma personnalité », a-t-elle théorisé devant nous fin février 2012. Avant d'ajouter, amusée : « Je ne m'en souvenais plus, mais j'ai regardé récemment, et mon tout premier tweet était déjà assez facétieux. »

Dès ses premiers pas sur le réseau social, en septembre 2011, @valtrier donnait en effet le ton : « Le 17 septembre, je reprends l'émission "2012, portraits de campagne" sur Direct 8 à 19 h 40 avec François.... Bayrou. » Quatre petits points de suspension, c'est-à-dire un de trop, destinés à faire grand bruit. La formule, déjà, était ciselée afin de ne surtout pas passer inaperçue. Journaliste politique, compagne d'un candidat... « Taratata, je fais ce que je veux », semblait narguer ce message, le premier d'une longue série de petites phrases remarquées, commentées, tantôt rageuses,

Aire de je

tantôt joueuses, et qui toutes disaient, en creux, la terreur de disparaître en tant que journaliste ou la crainte de n'exister qu'en tant que moitié d'un autre.

Le 2 octobre 2011, tandis que sur M6, l'intervieweur Marc-Olivier Fogiel demande à François Hollande si, dans la bataille des primaires, il affronte son ex-compagne différemment des autres candidats, Valérie Trierweiler tweete avec agressivité, depuis la coulisse : « Journaliste politique, c'est un métier... » Comprendre : son métier. Comprendre aussi : interdiction de parler de Ségolène Royal. Comprendre enfin : la belle sait être méchante, s'il est besoin. Le 9 octobre 2011, alors que François Hollande arrive en tête du premier tour de la primaire, elle se fait romantique : « Puisqu'on me le demande, oui j'ai voté à la primaire. Oui, pour moi, c'est lui. » Inquiète, au soir du second : « A mes amis journalistes et photographes, laissez-moi le temps. Le temps de comprendre et d'apprendre. Mais j'apprendrai vite ! » Pas si vite que ça : alors que, le 8 mars 2012, *Paris Match*, son magazine, la met en couverture

Entre deux feux

sans l'en avoir avertie, Valérie Trierweiler dégaine : « Quel choc de se découvrir à la une de son propre journal. Colère de découvrir l'utilisation de photos sans mon accord ni même être prévenue. » Deuxième rafale, quelques heures plus tard : « Bravo à *Paris Match* pour son sexisme en cette journée des droits des femmes. Pensées à toutes les femmes en colère. » A chaque fois, les formules font mouche. « Twitterweiler », comme l'ont surnommée certains journalistes, attire l'attention des médias. Et de François Hollande, aussi.

Le 2 janvier 2012, dans les loges du JT de France 2, tandis que, sur un écran télé muet, un bandeau défilant reproduit un tweet de Valérie Trierweiler daté du jour même : « Non vraiment, j'ai essayé @nadine__morano, mais c'est au dessus de mes forces. Je me désabonne, bon courage à ses followers. Adieu Nadine ! », le candidat socialiste se tourne vers sa douce en faisant mine de lui chercher querelle : « Qu'est-ce que tu as encore tweeté Valérie ? ! » Une fausse scène de ménage sous le regard amusé de l'écrivain Laurent Binet et de la journaliste

Aire de je

Constance Vergara. Je tweete. Moi non plus. A l'époque, tout le monde pouvait encore en rire. « Je ne fais pas relire mes tweets, précisait-elle, un brin bravache, le 28 février. Je fais attention à l'orthographe, parce qu'il faut donner l'exemple. Et puis, je m'autocensure. Je vous jure : il y a des tweets qui se perdent ! » Diantre. La phrase résonne autrement aujourd'hui... Le 21 juillet 2012, soit moins d'un mois et demi après avoir posté ses 137 caractères de soutien à Olivier Falorni, @valtrier – alors suivie par plus de 135 000 abonnés – a purgé son compte de tous les messages par elle rédigés. Qu'est-ce à dire ? Faut-il y voir un regret ? Un effacement ? Un renoncement à exercer son droit à la libre parole ? Une volonté de faire *tabula rasa* de son passé sur la Toile, pour repartir de zéro ? La crainte que tout ce qu'elle a écrit puisse être retenu contre elle ? Tout cela à la fois, assurément. Mais attention, elle ne s'est pas (encore) résolue à fermer son compte Twitter.

Quant à cesser d'écrire des articles... Elle l'a affirmé, presque lyrique, sur le plateau du « Grand Journal » de Canal +, le

Entre deux feux

25 janvier 2012 : « Même si un jour je perds ma carte de presse, je resterai journaliste jusqu'au bout. » Le 7 juin 2012, un mois et un jour après l'élection de François Hollande, alors que sa décision de continuer de faire ce métier malgré tout crée la polémique, Valérie Trierweiler verse un bidon d'huile sur le feu de brindilles : elle inaugure sa chronique littéraire tri-mensuelle à *Paris Match* par la critique du livre de Claude-Catherine Kiejman *Eleanor Roosevelt, First Lady et rebelle*[1]. Dès les premières phrases, Valérie Trierweiler se fait ironique et un tantinet donneuse de leçon : « Tiens donc ! Une *First Lady* journaliste n'est pas une nouveauté. Evidemment, il faut regarder de l'autre côté de l'Atlantique pour trouver ce cas unique et ne pas hurler au scandale. » D'emblée, Valérie Trierweiler donne dans la critique « à clef », la chronique ventriloque, enfourchant la plume de Mrs Roosevelt pour mieux discourir sur ses propres doutes et son âme en chantier. « Je refuse d'être réduite au silence », écrit

---
1. Editions Tallandier, mai 2012.

Aire de je

Eleanor, rapporte Valérie. « Je n'ai jamais voulu être épouse de président et je n'ai pas plus envie aujourd'hui », s'épanche Mrs Roosevelt, relève la *first girlfiend*. Sa chronique entière est un jeu de miroirs, une mise en abyme de la « première journaliste de France » en son Château, finissant par une adresse directe à ses confrères supposés trop critiques : « Un livre qui devrait passionner les journalistes français, et pas seulement… »

Conséquence : désormais, chacun traquera le clin d'œil dans « Le regard de Valérie Trierweiler » – c'est ainsi qu'est titrée sa chronique. Chacun y recherchera l'allusion, le message codé. Au point de se demander si c'est innocemment que, dans l'article qu'elle a envoyé à ses chefs comme si de rien n'était le 12 juin 2012, quelques heures après avoir tweeté – et qui paraîtra dans le journal du 21 juin 2012 –, la journaliste a fait l'éloge de *Rompre le charme*[1], le livre d'Amanda Sthers.

Le 5 juillet, on ne peut s'empêcher de faire

---
1. Editions Stock, mai 2012.

des rapprochements : son article n'est-il pas intitulé « Une femme qui "gène" » ? Certes, il y est question d'allèles et de chromosomes, de génétique et non pas de gêneuse, mais tout de même... Le 12 juillet, enfin, on se pince en constatant que la journaliste a choisi de chroniquer le roman de Jeanette Winterson *Pourquoi être heureux quand on peut être normal ?*[1]. Vous avez bien lu : « Pourquoi être heureux quand on peut être normal ? » Toute ressemblance avec un président de la République existant serait purement fortuite, évidemment...

Lesquelles de ces allusions sont délibérées, lesquelles sont involontaires ? En devenant la reine du happening sur Twitter et la tsarine du subliminal sur papier glacé, Valérie Trierweiler a ouvert un jeu de piste avec ses lecteurs auxquels elle ne peut plus, aujourd'hui, reprocher de penser à mal...

A-t-elle seulement conscience que c'est elle qui entretient la confusion ? Pour exister. Exister encore. Rien ne la fait exister autant que de taquiner la ligne jaune. Elle

---

1. Editions de l'Olivier, mai 2012.

Aire de je

l'a mordue, cette ligne. Et pas qu'un peu. Et pas qu'une fois. D'un support à l'autre. Il fallait oser, tout de même, rédiger toutes les légendes d'un livre de photos[1] sur la campagne de son homme ! C'est elle qui a choisi le photographe, Stéphane Ruet – en fin d'ouvrage, celui-ci la remercie d'ailleurs en premier, avant même François Hollande ! –, elle qui l'a recommandé au candidat pour qu'il soit l'« imagiste » officiel de la bataille, le témoin de ces « 400 jours dans les coulisses d'une victoire », comme le proclame le sous-titre du livre. A feuilleter l'ouvrage, on se demande s'il n'aurait pas mérité d'être sous-titré « Valérie et François, un couple en campagne ». La journaliste, en effet, y est présente sur cinquante clichés et près d'une page sur trois. Et quand elle n'est pas sur les photos, elle n'hésite pas à personnaliser audacieusement le commentaire. Lui, elle. Elle et lui. C'est d'eux dont il est question. Et donc d'elle. Vacances d'août 2011, on voit François Hollande, seul, au téléphone : « Chez

---

1. *François Hollande président, op. cit.*

Entre deux feux

des amis à Hossegor, nous réussissons à sauver une ou deux heures par jour. » Après le débat contre Nicolas Sarkozy, le 2 mai 2012 : « Tous exultent autour de François. Je préfère me tenir en retrait et attendre de l'avoir – un peu – pour moi. » Elle s'épanche sur le papier. Pour commenter le cliché du 22 janvier 2012 où François Hollande, descendu de la scène du Bourget, l'embrasse fougueusement au milieu d'une foule compacte d'éléphants socialistes, Valérie Trierweiler écrit : « La formule est ridicule mais j'ose l'utiliser : "seuls au monde". » Le 15 avril 2012, après le rassemblement de Vincennes, une photo les montre tous deux dînant en coulisse : « Moment d'intimité rare après le meeting. (...) C'est le plus difficile dans cette campagne, le manque de moments à deux. Il faut accepter de partager l'essentiel de notre vie avec l'équipe, les élus, les gens. » La dernière photo du livre les montre tous les deux, saluant la foule. Celle de la quatrième de couverture aussi…

En page 9, pourtant, dès la deuxième légende du livre, Valérie Trierweiler a écrit,

Aire de je

pour commenter le cliché de François Hollande annonçant sa candidature, à Tulle, le 31 mars 2011 : « J'ai choisi de ne pas être là afin de ne pas donner le sentiment que nous partions dans une campagne en couple. » Décidément, elle a le sens de l'antiphrase. Mais plus bas, dans la même légende, elle poursuit : « Je ressens une immense frustration. Double frustration : ne pas être avec l'homme que j'aime dans un tel moment. Et celle de la journaliste de ne pas couvrir cet événement. Je suis seule devant mon ordinateur, les larmes aux yeux. » Il faut se méfier des légendes. Elles sont courtes, mais en disent parfois long. Surtout quand chacun de ses mots est l'objet de toutes les attentions.

C'est bien le drame de Valérie Trierweiler : elle est trop maligne pour ne pas savoir que l'écho aujourd'hui rencontré par ses écrits en tout genre tient à son statut de « femme de », celui-là même en dehors duquel elle voudrait exister et grâce auquel elle existe comme jamais. Elle veut tout. « Première dame », c'est réducteur, estime-t-elle. « Journaliste » tout court, trop banal.

Entre deux feux

Mais « première journaliste de France » – cette expression qu'elle a eu l'audace de soumettre aux auditeurs de France Inter le 7 juin 2012 –, ça, ça lui plaît. C'est ambigu et égocentré, comme ses tweets, ses articles, ses légendes photos et ses interviews. Ce nombrilisme est au cœur du malentendu entre la journaliste et les Français. Il y a encore quelques mois, ces derniers ne lui étaient pas hostiles. Bien au contraire : une enquête TNS Sofres pour le magazine *Elle* du 9 mars 2012 établissait que 67 % des sondés souhaitaient que le conjoint du président de la République puisse continuer d'exercer son métier. Une ouverture d'esprit qui se retrouve dans les urnes : suspectés il y a encore vingt-cinq ans de ne pas pouvoir porter Michel Rocard à la présidence de la République, au motif qu'il était divorcé, les Français ont depuis élu, en Nicolas Sarkozy, un chef divorcé et remarié – qui redivorcera. Et maintenant, avec François Hollande, ils ont confié les rênes du pays à un homme qui n'a jamais convolé en justes noces et qui vit en concubinage notoire.

Aire de je

Le rôle dévolu par nos compatriotes à la « première dame » s'en trouve tout naturellement changé. Phénomène générationnel ? Empreinte du féminisme dans l'inconscient collectif ? Ils n'attendent plus de la compagne du président qu'elle s'occupe des bonnes œuvres et des chaussettes de son mari. Révolu, le temps où entraient à l'Elysée dans l'ombre de leur époux des femmes prêtes à se sacrifier sur l'autel des ambitions de monsieur. Tante Yvonne, c'est fini ! La révolution des mœurs est passée par là. Cécilia la déserteuse et Carla la chanteuse aussi.

Valérie Trierweiler avait le choix. Elle aurait pu déclarer que l'Elysée, ce n'était pas pour elle, qu'elle s'en tiendrait loin, très loin, que sa liberté était à ce prix, que ses concitoyens devaient la comprendre. Elle aurait, à l'inverse, pu décider de se mettre au service des Français, de faire don de sa personne à la manière désuète et sacrificielle d'une Anne-Aymone Giscard d'Estaing ou d'une Claude Pompidou, d'accepter cette servitude temporaire qui justifie un cabinet à l'Elysée. Au lieu de quoi elle n'a voulu renoncer à rien.

Entre deux feux

Là où, dans un cas comme dans l'autre – qu'elle opte pour l'autonomie ou le service –, on eût attendu d'elle qu'elle ne fasse rien qui nuise à son compagnon, elle a tweeté contre lui. Et ça, c'est inacceptable pour les gens « normaux ».

16

Retour à la normale ?

« Les militants aiment ce premier secrétaire qu'ils appellent par son prénom. Mais auront-ils envie de le désigner comme candidat ? C'est la question que se pose François Hollande : "Les Français peuvent-ils élire quelqu'un de normal ?" Au fond, n'est-ce pas anormal, quelqu'un d'aussi normal ? » Le premier portrait de François Hollande en homme politique singulièrement « normal » fut écrit par… Valérie Trierweiler… en décembre 2004 ! Le 9 décembre, exactement, dans le 2899e numéro de *Paris Match*. Certes, l'adjectif a jailli de la bouche du premier secrétaire lui-même, mais la journaliste a saisi l'épithète au vol.

Entre deux feux

Ce sera le fil rouge de la deuxième moitié de son article. Elle le martèle sous forme interrogative à la fin de ses paragraphes, à la manière d'une rengaine amusée et affectueuse : « D'accord, il joue avec ses enfants, fait ses courses à Carrefour, aime le foot et la télé, rêve d'un home cinema, il a pleuré pour *Un long dimanche de fiançailles*, et porte des chemisettes l'été. Il aimerait être débarrassé des clichés qui circulent sur lui. Comme celui de sa passion pour les gâteaux au chocolat. Pourtant, rien n'est plus vrai ! Il suffit de voir son expression d'enfant puni quand on lui sert d'office une pomme au four ! Comme ce jour, à Tulle, où il en est devenu... chocolat ! Mais est-ce normal d'avaler autant de moelleux ? »

Et encore, quelques lignes plus loin : « Parler devant des centaines de personnes le galvanise, il aime ça et il retourne une salle en un rien de temps. Il semblerait même qu'il ne puisse plus s'en passer. C'est normal, docteur ? (...) Mais vouloir devenir président de la République est-ce vraiment normal ? »

Retour à la normale ?

Sept ans plus tard, le concept de président normal fut, plus encore que « le changement c'est maintenant », le véritable totem de la campagne de François Hollande. « Normal. » Deux syllabes dont il a usé et abusé, dès 2010, pour construire sa promesse de singularité paradoxale. « Je serai un président normal », répétait-il. Tant pis si certains fidèles étaient réticents, tant pis si ses détracteurs moquaient le manque de glamour et de panache d'une telle profession de foi. De toute façon, son manque de glamour serait décrié, il le savait. Alors autant que lui-même le revendique. Hollande a réussi l'exploit marketing de transformer un manque d'aspérités personnel en force politique. Un pari gagnant salué au lendemain de son élection. « Normal ! » s'exclama en une le journal *Libération*, dans son édition du 7 mai 2012.

« Normal. » Un mot fourre-tout qui a suscité de curieuses exégèses après l'affaire du tweet. Il fallait entendre ceux qui arguaient qu'il n'y avait rien de plus « normal » qu'une vie de couple avec ses crises. Loin d'entacher l'image construite par le nouvel hôte de l'Elysée, prétendaient-ils, le tweet de Valérie Trierweiler l'enrichissait de cette pâte si humaine que sont la colère et la jalousie mélangées. Un malentendu. Un contresens, même, au regard de la coloration que François Hollande a donnée à ce mot, tout au long de la campagne. Il suffit d'exhumer ses déclarations pour comprendre que l'adjectif ne lui a guère servi à s'identifier au tout-venant, mais à se démarquer de son principal adversaire : Nicolas Sarkozy. La normalité de Hollande, c'est de l'anti-sarkozysme. C'est d'ailleurs ainsi qu'il la définit, dès décembre 2010, lors d'un déplacement à Alger. A un journaliste qui lui demandait s'il n'était pas trop « gentil » pour remporter une élection présidentielle, il répondit : « Moi, je ne suis pas pour clouer mes adversaires à un croc de boucher... Est-ce que je suis normal ? Oui. Et je pense que le temps d'un président normal est venu[1]. » Celui qui a promis le

---

1. *L'homme qui ne devait pas être président*, d'Antonin André et Karim Rissouli, Albin Michel, mai 2012.

Retour à la normale ?

« croc de boucher » à Dominique de Villepin, responsable à ses yeux de sa mise en cause dans l'affaire Clearstream, c'est bien sûr Nicolas Sarkozy.

Dès décembre 2010, donc, François Hollande a brandi la « normalité » comme l'antithèse du sarkozysme, renvoyé *de facto* du côté de l'anormalité. Normal, c'est d'abord l'inverse d'anormal. « Cette fois-ci, les Français ne veulent pas des transgressifs. Ils sont allés trop loin », nous a-t-il expliqué le 12 février 2011. « Normal », c'est le contraire de « Ségolène, Bayrou et Sarkozy » – l'énumération est de Hollande. Trois mois et trois jours plus tard, il aurait sans doute ajouté le nom de Dominique Strauss-Kahn, que Nafissatou Diallo venait d'envoyer en prison… Le député de Corrèze se proposait de rompre avec ceux-là, tous ceux-là. Ses pathologies narcissiques, il entendait bien ne jamais les exposer aux Français. C'en serait fini du genre psychologico-politique qui avait fait florès sous Sarkozy.

« Il y a des trucs que Sarkozy a tués, notamment l'affichage permanent du conjoint, nous a-t-il aussi dit, en février 2011. Les

Entre deux feux

Français ne supportent plus cette confusion du privé et du public et le fait d'en parler toujours. Carla ne sera pas un atout pour Sarkozy. Elle m'énerve plus que lui. Je l'ai vue lui éponger le front et le cou devant les caméras, aux Antilles. Elle l'infantilise. On a un peu de pitié pour lui. Elle est là en coulisse quand Sarkozy fait une émission, c'est incroyable. » N'était-ce pas aller un peu loin dans l'indignation ? Lui-même se rendrait aux grands rendez-vous télévisuels de la bataille électorale accompagné de Valérie Trierweiler… Mais à l'époque, il ne le savait pas… Aussi ajoutait-il, décidément prolixe sur la question : « Que DSK ait utilisé Anne, c'est un choix qui n'est pas le mien. La campagne, c'est une campagne personnelle, ça n'est pas une campagne de couple. Je dirais la même chose si Valérie faisait un autre métier que journaliste. »

Il était droit dans ses mocassins, il l'avait du reste déjà théorisé dans *Gala*, en octobre 2010, dans la fameuse interview où il annonçait sa nouvelle vie aux Français : « Nous ne sommes pas aux Etats-Unis. En France, on n'élit pas un couple. Ce n'est

Retour à la normale ?

pas dans le contrat qu'un pays noue avec celui ou celle qu'il a choisi. » Très bien. On ne saurait mieux dire. Mais pourquoi ne pas s'y être tenu ? Valérie Trierweiler est coupable, mais pas responsable. Le responsable – devant les Français –, c'est lui. Sans compter ce que dit le proverbe : « Une main toute seule n'applaudit pas. »

Le début du quinquennat du « président normal » a basculé dans le *soap opera*. A vous faire regretter 2007. Bien sûr, en 2007, le drame conjugal de Nicolas Sarkozy n'avait échappé à aucun Français : pendant la campagne, Cécilia était partie, puis revenue, puis repartie, Nicolas Sarkozy était allé à la télévision dire que « comme des millions de familles, la (s)ienne a connu des difficultés » ; au second tour de la présidentielle, Cécilia n'avait pas voté pour son mari ; le soir, après son élection, elle ne s'était pas montrée au QG de campagne, pas davantage dans la berline qui a conduit le président nouvellement élu au Fouquet's ; elle n'était apparue que tard, telle une poupée triste et désarticulée, sur l'estrade de la victoire dressée place de la Concorde ;

Entre deux feux

puis il y eut le yacht de Bolloré et les vacances à Wolfeboro – au cours desquelles elle ne l'avait pas accompagné à une partie de campagne avec George W. Bush ; à la rentrée, ils avaient divorcé. C'était beaucoup, beaucoup trop. On ne pouvait pas imaginer pire. Et pourtant si.

« Vous avez aimé Cécilia, vous adorerez Valérie ! » promettait, hilare, le sénateur UMP de Paris Pierre Charon aux journalistes de ses amis, quelques jours avant le tweet. Il était en deçà de la réalité. Valérie Trierweiler s'est permis ce que jamais Cécilia ex-Sarkozy ne fit : interférer publiquement dans l'action politique du président. Ce n'est pas une transgression, c'est une bombe à fragmentation multi-transgressive. Commentant le tweet, un mois après sa publication, Thomas Hollande appuiera là où ça fait mal : « Ça détruit l'image "normale" qu'il avait construite », a-t-il lâché.

« Les Français peuvent-ils élire quelqu'un de normal ? » se demandait François Hollande sous la plume de Valérie Trierweiler en décembre 2004. Quatre-vingt-dix mois après avoir participé à la genèse du concept,

Retour à la normale ?

c'est la journaliste elle-même qui, en 137 caractères, a fait un croche-pied au personnage que son compagnon avait réussi à fabriquer. Il ne suffira pas à Hollande de se poser en Français parmi les Français, aussi normal qu'eux, si possible – ce qu'il fit habilement le 14 juillet 2012 en affirmant, au sujet du mélange des genres : « Les Français sont, j'allais dire comme moi, enfin ils veulent que les choses soient claires » –, pour acter un retour... à la normale. On ne redevient pas normal. On l'est ou on ne l'est pas.

17

« Au secours : Val de grâce a ressuscité Flanby ! »

Ce fut sa première préoccupation, quand il prit connaissance du tweet de sa compagne : ne pas laisser sans réponse ce coup porté à son autorité ; ne pas offrir une seconde vie à tous les odieux surnoms mollassons qui lui avaient si longtemps collé à la peau : « Flanby » (merci Arnaud Montebourg), « capitaine de pédalo » (merci Jean-Luc Mélenchon), ou encore « tenant de la gauche molle » (merci Martine Aubry) ; ne pas donner raison aux Guignols de l'info qui, dès la fin de la campagne, caricaturaient Valérie Trierweiler en harpie menant à la baguette un François Hollande terrorisé.

« *Au secours : Val de grâce a ressuscité...*

Le nouveau président connaît trop les us et coutumes du milieu politique pour ne pas savoir que cette fois, ce sera pire, bien pire. Il y a urgence, donc, Hollande le sait, mais il estime ne pouvoir ni ne devoir s'abaisser à réagir lui-même, sous peine d'aggraver encore le méli-mélodrame. Aussi sera-ce Jean-Marc Ayrault, son second, le Premier ministre de la France, le patron de la majorité présidentielle, qu'il chargera de blâmer publiquement la dame, soulignant par là même qu'il s'agit d'une affaire politique sérieuse. Pour montrer aux Français qui commande vraiment. « Je pense que c'est un rôle discret qui doit être le sien et qui n'est pas facile à trouver », a recadré le chef du gouvernement, dès le lendemain du tweet, sur le plateau de « Questions d'info », l'émission co-animée par La Chaîne parlementaire, *Le Monde*, l'AFP et France Info. Un relai médiatique multi-supports. Il s'agissait de marquer le coup avec force et fermeté. Jean-Marc Ayrault a dû faire violence à sa nature (réservée) pour sermonner la femme du chef. « Je veux bien comprendre que les débuts sont toujours

Entre deux feux

un peu compliqués mais chacun doit être à sa place », a-t-il poursuivi afin d'honorer parfaitement l'ordre de mission qu'il avait reçu de François Hollande.

Il fallait qu'à ses yeux l'heure fût grave pour que le chef de l'Etat – qui est toujours le dernier à provoquer des conflits, surtout avec sa compagne – ait pris le risque de fâcher Valérie Trierweiler. L'admonestation de Jean-Marc Ayrault la fit enrager. Pas contre elle-même, non, pas alors. Pas encore. Contre le président. Se faire donner un soufflet par le Premier ministre devant la France entière, son compagnon ne pouvait pas choisir une riposte plus vexatoire, alors que c'est lui, pensait-elle, qui lui avait manqué, en soutenant Ségolène Royal derrière son dos. Elle était furieuse ; lui aussi. « Hollande peut être dur, très dur, assure Malek Boutih. Même s'il déteste la violence et les tensions et qu'il aime détendre l'atmosphère, ce n'est pas pour autant quelqu'un de faible. » Il a bien réussi à faire taire Nicolas Sarkozy, à la télévision, le 2 mai 2012, lors du débat de l'entre-deux-tours. Adieu François-le-mou ; bonjour Hollande-le-dur.

« *Au secours : Val de grâce a ressuscité...*

Accomplie, la transformation entamée à l'hiver 2011, quand il est entré en campagne pour devenir président de la République. Entre janvier 2011 et avril 2012, le député de Corrèze a rompu la gangue de la bonhomie. Il a perdu ses joues, haussé le ton, cessé de sourire et raréfié ses commentaires humoristiques qui lui donnaient, pense-t-il, l'air trop sympa... Bien sûr, cette image lui avait servi, par le passé. A la manière de l'inspecteur Columbo jouant les benêts pour mieux confondre les criminels, le premier secrétaire du PS a souvent campé les chiffes pour endormir les enquiquineurs et n'en faire qu'à sa tête. « Il est prêt à tout pour avoir la paix, y compris à passer pour un mou alors qu'il ne l'est pas, mais alors vraiment pas », indique une amie de Valérie Trierweiler.

Il a attendu de briguer la magistrature suprême pour ne plus chercher à faire croire qu'il était gentil et pour ne plus laisser quiconque le traiter de « fraise des bois[1] ».

---

1. En 2003, un jour qu'on lui rappelait que François Hollande, alors premier secrétaire du parti, était un des « éléphants » du PS, Laurent Fabius eut cette

Entre deux feux

Métamorphose achevée, disions-nous, le soir du débat face à Sarkozy : la France a découvert Hollande-le-pitbull et, quatre jours plus tard, l'a élu président de la République. *Exit* le fantôme du « capitaine de pédalo ». Jusqu'au 12 juin 2012.

En jouant les cyber-viragos, Valérie Trierweiler a réveillé, d'un tweet, l'esprit de Flanby. « Au secours : Val de grâce a ressuscité Flanby ! Qui commande ? », se gaussera un ministre important le soir même du tweet. « Val », c'est le surnom de la gracieuse Valérie. Laquelle a offert à la droite une belle occasion de brocarder le président, à cinq jours du second tour des élections législatives. « Hollande n'a pas l'autorité morale nécessaire sur sa compagne pour qu'au moins elle se taise », déclarait par exemple à *Marianne* Christine Boutin, toujours prompte à oser dire tout haut ce que la France des clochers pense tout bas. Corollaire implicite : comment entendait-il, François Hollande, être le chef de l'Etat

---

phrase assassine – désormais célèbre : « A-t-on jamais caché un éléphant derrière une fraise des bois ? »

« Au secours : Val de grâce a ressuscité...

s'il ne parvenait pas à être un chef de famille ? En *off*, d'ailleurs, beaucoup d'interlocuteurs citaient, goguenards, la maxime politico-conjugale attribuée à Dominique de Villepin après que Cécilia eut quitté Nicolas Sarkozy une première fois : « Un homme qui ne peut pas garder sa femme ne peut pas garder la France. »

La semonce de Jean-Marc Ayrault ne pouvait pas suffire. Seul François Hollande pouvait faire disparaître le nouveau Flanby. C'est à quoi il s'est employé, le 14 juillet 2012. Il avait décidé de faire une mise au point finale, veut-il croire, sur le « Valériegate », cette affaire empoisonnante, il s'y était même engagé auprès de son fils Thomas. Ce qui a frappé dans sa prestation, c'est la raideur de son corps et l'absence de sourire dans ses yeux – chose rare, chez lui. Il se voulait net et tranchant, il l'a été : « Je considère que les affaires privées se règlent en privé et je l'ai dit à mes proches pour qu'ils acceptent scrupuleusement le respect de ces principes. » Fermez le ban, espère-t-il. Voire.

Il faut savoir qu'avant le tweet, Valérie

Entre deux feux

Trierweiler avait déjà sévi. C'était le soir même de l'élection de François Hollande. Elle avait alors formulé au président tout juste élu la première injonction publique de son quinquennat : « Embrasse-moi sur la bouche ! » Charmant mais impératif, très impératif.

Il est 00 h 50 place de la Bastille, dans la nuit du 6 au 7 mai 2012, et les baffles crachent par dizaines de décibels l'hymne de la campagne de François Hollande – *Le Changement c'est maintenant*. Le nouveau chef de l'Etat vient de terminer son discours. Il a chanté *la Marseillaise* et convié Valérie Trierweiler à le rejoindre sur le devant de la scène. Et tous deux de saluer, avec ravissement, les milliers de personnes venues célébrer la victoire de la gauche en ce lieu si symbolique, sous une pluie intermittente. Puis le couple se tourne vers les responsables socialistes, massés dans un coin de la scène, pour leur faire signe de s'avancer. Tapant des mains, agitant frénétiquement leurs bras au rythme des basses qui font vibrer les corps, le ballet des éléphants se déploie sur la scène pour former

« *Au secours : Val de grâce a ressuscité...*

une ligne euphorique derrière le désormais roi de la jungle.

Au bout de trois minutes, Ségolène Royal – que l'on n'a pas vue jusqu'alors sur la scène – surgit entre une Najat Vallaud-Belkacem sautillante et un Arnaud Montebourg déchaîné. Robe blanche et veste bleu roi, la candidate malheureuse de 2007 fait un pas en avant de la brochette des caciques. Un sourire extra large irradie son visage. Elle n'applaudit pas. Elle regarde le président nouvellement désigné, l'ex-élu de son cœur, qui s'approche alors d'elle. Il l'embrasse sur les deux joues, l'attrape par les poignets, les serre avec chaleur, comme on dit merci quand on ne dit rien. Il s'en va ; elle rayonne. Jamais, pendant la campagne, il n'avait consenti un tel geste d'affection.

Après ses embrassades avec Ségolène Royal et le temps de jeter un coup d'œil à Valérie Trierweiler – qui continue de frapper dans les mains mais dont le sourire s'est estompé –, François Hollande regagne sa place au milieu de l'estrade et reprend ses saluts à la foule. De longues secondes passent, il retourne chercher sa compagne, lui donne un baiser sur la joue, et revient, avec elle, sur le devant de la scène. C'est alors qu'elle se tourne vers lui : « Embrasse-moi sur la bouche », glisse-t-elle furtivement, les yeux ailleurs, avant de joindre le geste à la sommation. Le baiser d'amoureux est un peu raté. Il tombe, maladroit, à côté, à la commissure. Mais il a le mérite d'exister. La chaleureuse bise à Ségolène n'est plus l'événement affectif de la séquence.

« Embrasse-moi sur la bouche ! » Des millions de Français assis devant leur petit écran ont pu lire cet ordre sur les lèvres de la nouvelle « première dame ». Une requête pincée. Douloureuse, même, à en juger par la tension de son visage.

Tout est dit, dans cette scène inaugurale. Alors que le pays ouvre une nouvelle page de son roman national, sur la scène de la Bastille le mélodrame personnel pointe déjà, immortalisé par les caméras. Ce ne sont que des bribes, mais c'est déjà trop, parce qu'elles prennent à témoin les Français.

Épilogue

Chez Lily Wang

Vous habitez Paris, vous faites partie de ce petit monde de gens importants qui colportent des ragots les uns sur les autres, vous désirez faire cesser une rumeur persistante prétendant que ça ne va pas fort avec votre moitié ? Faites-vous voir, avec ladite moitié, si possible enlacés et tout sourires, dans un des établissements des frères Costes. Efficacité garantie. En quelques minutes, les *happy few* présents dans le restaurant se chargeront d'informer leurs pairs, en tapotant sur leurs smartphones dernier cri et en se demandant comment ils faisaient avant l'invention du SMS...

C'est ce qui s'est passé, mercredi 11 juillet

Entre deux feux

2012, quand, un peu après 21 heures, François Hollande et Valérie Trierweiler sont arrivés chez Lily Wang. Ce n'est pas le nom d'une courtisane chinoise, mais celui d'un des derniers restaurants ouverts par les frères Costes. Asiatique, comme son nom le suggère. Lily Wang, donc. Wang pour faire chinois, Lily pour faire sexy. Une belle adresse dans le VIIe arrondissement de Paris. Un décor exotique puisant aux meilleures sources : on se croirait dans les pages du *Lotus bleu*, l'album retraçant les aventures de Tintin sur les routes de l'empire du Milieu.

Une salle vaste, où le glamour chinoisant se décline en rouge et noir : des murs laqués coquelicot, comme le plafond, verni, d'où pendent des lanternes ventrues et rougeoyantes, une moquette noire et moelleuse, prolongée par le velours (noir, évidemment) qui recouvre fauteuils et banquettes. Quelques fleurs kitsch, aussi, sur les rideaux. Ne manquent que les effluves d'opium. Bref, un boudoir à Shanghaï-sur-Seine.

Valérie Trierweiler est entrée la première,

Chez Lily Wang

François Hollande sur ses talons (hauts, comme toujours). Ils sont restés à table à peine plus d'une heure. L'essentiel était d'être vus. François Hollande a payé avec une carte bleue, vraiment bleue. Ses voisins n'en revenaient pas, eux qui ont tous, dans leur portefeuille, une carte dorée ou – mieux encore – noire. C'est quand même autre chose que le bleu tocard des cartes bancaires des « vraies gens »... Difficile de faire mieux, pour ne pas passer inaperçu, que de payer avec une carte bleue très normale dans un restaurant si chic, surtout quand on est chef de l'Etat... « Le président de la République a une carte bleue. Bleue bleue bleue. Tu le crois ? », a pianoté sur son téléphone une femme installée à la table d'à côté. Tous ses amis ont reçu ce SMS.

Ce soir-là, François Hollande et Valérie Trierweiler ont passé presque plus de temps debout à saluer les gens qu'assis à se sustenter. Car s'ils se sont levés de table avant 22 h 30, ils n'ont quitté le restaurant que vers 23 h 30. Entre-temps, ils ont fait le tour de la salle, serrant toutes les mains, se prêtant au petit jeu des photos. Se montrant

Entre deux feux

ensemble en public, quoi. Certes, ils ne se tenaient pas la main, mais ils souriaient tant, elle et lui. C'est bien simple : elle – que l'on sait capable de garder le visage obstinément fermé – n'a pas cessé de sourire. Heureuse de dîner en tête à tête avec son homme – ce qui n'arrive pas assez souvent à son goût. Heureuse, aussi, de prouver au Tout-Paris que leur couple était plus fort que les polémiques.

Au moment où ils saluaient Yves Jégo et son épouse Ann-Katrin, assis non loin d'eux, l'ancien ministre de Sarkozy – aujourd'hui vice-président du parti radical – eut ce mot aimable pour la journaliste de *Paris Match* : « Vous êtes très courageuse. » Et elle, mutine, de répondre à Jégo : « Je ne sais pas si c'est du courage ou de l'inconscience. » Le mea-culpa derrière l'humour. Ce sera sa posture publique, désormais. Elle la rodait ce soir-là. Trois jours plus tard, le 14 juillet, à Brest, elle réitéra, devant les caméras, cette fois. « Je tournerai sept fois mon pouce maintenant avant de tweeter », assura-t-elle en prenant soin de faire entendre un rire léger. Ostentatoirement

Chez Lily Wang

léger. Cette phrase-là – sa première prise de parole publique depuis le tweet – est loin d'avoir jailli spontanément de sa bouche. Elle l'avait préparée, ciselée, répétée. Un vrai effort. Un mauvais moment à passer.

Dans un premier temps, en effet, le moins que l'on puisse dire est qu'elle ne regrettait pas un instant son tweet. « Elle était même très contente d'elle et de son audace transgressive », confirme une de ses amies, qui l'a eue au téléphone, le soir du tweet : « Je ne pouvais pas rester sans rien faire et sans rien dire, lui exposa Valérie Trierweiler. François fait toujours tout ce qu'elle veut. Tant pis pour le mélange des genres ! Et puis j'ai réparé l'injustice faite à Olivier Falorni. » Une semaine plus tard, elle assurait l'inverse à Pierre Bergé, avec lequel elle déjeunait. « Je ne m'explique pas comment j'ai pu faire cette erreur », lui confia-t-elle. Ce qui s'appelle un revirement, couronné par la phrase du 14 juillet. Ce que nul ne sait, c'est que François Hollande a exigé d'elle un acte public de contrition. A elle de le rendre le moins solennel possible. Ce à quoi elle est parvenue avec une certaine grâce,

Entre deux feux

en détournant l'expression bien connue des enfants, « tourner sept fois la langue dans sa bouche avant de parler ». « Je tournerai sept fois mon pouce maintenant avant de tweeter », a-t-elle déclaré, l'air de rien et les cheveux dans le vent de Bretagne. Objectif : dédramatiser. Montrer que cette histoire n'a pas eu raison de leur couple. « Tout va bien, chers amis », a-t-elle écrit sur son compte Twitter le 22 juillet, après plus d'un mois de cyber-mutisme.

Il n'y a rien à voir. Passez votre chemin.

Valérie Trierweiler a vécu des jours sombres avant de reparaître, rassérénée. « Je ne sais pas si je pourrai me relever, a-t-elle écrit à une amie, au cours de la semaine qui a suivi le tweet. Je n'ai pas de carapace. Mais j'ai construit une bulle. Je n'ai rien lu, rien vu. Sinon, ce n'était pas possible. »

Et maintenant ? Pour cet ami du président – qui ne pensait pas avoir un jour à réfléchir à ces choses-là… –, il serait « souhaitable »,

Chez Lily Wang

afin de cicatriser les plaies, que François Hollande épouse Valérie Trierweiler : « François ne peut pas donner à Valérie ce qu'il a donné à Ségolène : quatre enfants. La demander en mariage, ce serait lui offrir ce que n'a pas eu Ségolène. C'est peut-être la solution. En plus, elle en rêve... » Quand, pendant la campagne, l'une de ses copines la provoqua avec malice : « Maintenant, il faut qu'il t'épouse ! », Valérie Trierweiler eut le petit rire des jeunes filles prises en flagrant délit de pensées secrètes et ardentes. Elle n'a rien répondu.

Peu importe qu'ils convolent ou se séparent, peu importe que les enfants de François Hollande et Ségolène Royal acceptent ou non de revoir la compagne de leur père[1]. Ce qui importe, ce n'est pas de savoir

---

1. Précisons au passage que nous n'avons cherché à rencontrer aucun d'eux quatre, considérant que leur situation en fait les otages de la relation de leurs parents et les met inévitablement en porte-à-faux, quoi qu'ils disent. Ces jeunes gens n'ont pas choisi d'être des personnages publics, eux, contrairement aux trois héros de ce livre : François Hollande, Valérie Trierweiler et Ségolène Royal.

Entre deux feux

comment les trois adultes de notre histoire vont mener leur vie privée, mais comment ils vont tenir leur rôle, public, devant les Français. François Hollande a fait acte d'autorité, Valérie Trierweiler a esquissé un mea-culpa, reste Ségolène Royal, qui aujourd'hui passe pour une victime... Battue dans les conditions problématiques que l'on sait, l'ancienne candidate à la présidentielle n'a pas le mandat politique à la hauteur de son expérience. « C'est un problème pour le président, estime un de ses proches. S'il veut tourner la page, il doit la faire entrer au gouvernement. Il montrerait ainsi que c'est lui qui commande ; Valérie prouverait sa magnanimité ; Ségolène ne pourrait plus jouer la martyre. » Voyez à quelles élucubrations psychologico-privées en sont réduits les conseillers – politiques ! – du chef de l'Etat...

Le « conseiller image de l'Elysée », lui, a, le 18 juillet, accompagné Valérie Trierweiler pour faire une inspection du fort de Brégançon, la résidence d'été des présidents de la République. Objectif : lui montrer les endroits où se cachent les paparazzi. Le

Chez Lily Wang

conseiller en question, qui n'est autre que le photographe Stéphane Ruet, auteur du recueil de clichés de campagne cité plus haut, sait de quoi il parle : tout le monde l'a oublié mais c'est lui qui, en août 2001, a pris la fameuse photo – jamais publiée – de Jacques Chirac au balcon du fort dans le plus simple appareil, admirant à la jumelle un yacht ancré dans la baie. Morale : François Hollande et Valérie Trierweiler ont bien l'intention de refermer la porte de la chambre à coucher et de ne se montrer à aucun balcon. Mais la partie n'est pas gagnée. Pendant cette visite guidée des « planques » de paparazzi, la « première dame » et son conseiller ont été – savoureuse mise en abyme – eux-mêmes « paparazzés », et les photos volées se sont retrouvées en couverture de l'hebdomadaire *VSD*. Non, ça n'est pas gagné.

Remerciements

Merci à Nicolas Domenach, toujours, d'avoir bravé les aléas électroniques pour nous relire, nous chapitrer, nous consoler, nous faire sourire, et même rire. Merci à Franz-Olivier Giesbert, qui sait pourquoi.

Merci à Hervé Gattegno, Michel Richard, Sylvie Pierre-Brossolette, Romain Gubert, Emilie Lanez, Saïd Mahrane et Emilie Trévert : leur amitié est un réconfort, au journal et ailleurs. Merci à Laurent Neumann et Eric Conan pour leur soutien et leurs conseils, plus que précieux. Merci aux fées : Muriel Goldberg-Darmon, Raphaëlle de Marchis, Caroline Michel, Marina Bañon et Yollène Graindorge.

Merci à Hossame Cherradi, Oumaïma, Chama, Salim, Lina et Yasmina d'être là, tellement là. Merci à Camille, Lola et Elie, pour leur complicité, essentielle. Merci, absolument, à Colette et Maurice, ces veilleurs de vie, jours et nuits, depuis trente-trois ans. Merci, infini, à Lydie, si chérie.

Merci à Julien et Clara, frère, sœur, alliés, amis. Merci à Nadia et Emmanuel : surtout, qu'ils n'oublient pas... Merci à Ava, petite princesse, grand soleil.

Une pensée très particulière, une prière, pour Piero Bitton.

Table

Prologue. Ainsi sont-ils 11

1. Amours, cris et gazouillis 17
2. Royal au bar… du TGV 24
3. Le « crime » de La Rochelle 33
4. François, Valérie, Olivier,
   Ségolène et les autres… 43
5. Entre deux chaises 56
6. Rennes : le choc des photos 67
7. « Tu dégages, et vite ! » 84
8. Le « monstre aux yeux verts » 93
9. « N'approche pas François ! » 102
10. La vengeance d'une femme 111
11. Les écrits restent… 126
12. 2007, année névrotique 137
13. La deuxième femme
    est l'avenir de l'homme 142

14. L'homme qui insécurisait
    les femmes 150
15. Aire de je 158
16. Retour à la normale ? 173
17. « Au secours : Val de grâce
    a ressuscité Flanby ! » 182

Epilogue. Chez Lily Wang 191

Remerciements 201

*Composé par Nord Compo Multimédia
7, rue de Fives, 59650 Villeneuve-d'Ascq*

CET OUVRAGE
A ÉTÉ ACHEVÉ D'IMPRIMER
SUR ROTO-PAGE
PAR L'IMPRIMERIE FLOCH
À MAYENNE EN AOÛT 2012

Grasset s'engage pour l'environnement en réduisant l'empreinte carbone de ses livres. Celle de cet exemplaire est de :
600 g éq. CO_2
Rendez-vous sur
www.grasset-durable.fr

PAPIER À BASE DE FIBRES CERTIFIÉES

N° d'édition : 17339 – N° d'impression : 82986
Dépôt légal : août 2012
Imprimé en France